灵性深处开莲花

温一壶月光下酒

林清玄 著

線裝書局

目录

自序

卷一 港都夜雨寂寞暝

月光下的喇叭手 · 003

兵卒无河 · 013

过火 · 028

刺花 · 042

负琴盲翁 · 056

失去的港都 · 061

合欢山印象 · 066

散步去吃猪眼睛 · 081

红目连 · 088

花籽 · 092

I

目录

风中的铃声 · 096

灯 下 · 099

一炷香 · 101

戏 耍 · 105

卷二 温一壶月光下酒

无关风月 · 109

温一壶月光下酒 · 121

一杯蜜是炼过几只蜂的 · 132

不睡之莲 · 137

一种温存犹昔 · 143

生平一瓣香 · 148

目录

云无心而出岫·153

两只松鼠·158

深香默默·163

寒梅着花未？·167

明年荷花应教看·171

命脉·173

回眸·178

观自在菩萨·180

孤独的艺术·183

寂寞的艺术·188

目录

卷三 岁月的灯火都睡了

黑白笔记·195

相思、苦楝、合欢·200

香港仔，你不要哭！·210

岁月的灯火都睡了·215

刺青·220

三轮车跑得快·230

忘情花的滋味·234

掀起盖头来·239

表情·243

七年前，我刚从学校毕业，征兵的通知还没有来，我一下子落入了无所事事的空虚中。我付了每个月三百元的代价，在木栅租到了一个独立的小木屋，作为暂时栖身的处所。

那个小木屋原是农家堆积杂物的仓库，是个两层的阁楼，楼下清理后，盖成了一个简单的浴厕，门窗简陋，整日"嘶嘶"风响。楼上是我的房间，有一根粗大的木梁，高约六尺，往两边倾斜，最低的地方只有两尺高，所以每次进屋一定要弯腰弓背。全屋唯一可以站的地方是木梁下八尺长两尺宽的方寸之地。

最有趣的是，楼上楼下的交通是一个活动的木楼梯。我一回到家，就把木楼梯抽上来平放着；每有客来，再把木楼梯放下去；遇到不喜见的人就不放楼梯。这使我维持了完完整整的单独的生活。那是我住过的最烂的一间房子，木板没有一块是完好的，到处都有蛀虫和白蚁。我每天早上的第一件工作是清扫屋内被蛀得满地都是的木头粉屑，就寝前最大的困扰是屋子被蛀得"嘎嘎"作响，不得安静。

但是我非常怀念那个木屋，也特别喜欢那时的生活方式，甚至连每夜伴着孤灯读书时的蛀虫鸣声，至今还如同响在耳际。

从小木屋的窗子望出去，是一幅农家景象：一个大池塘，一个三合院，还有几间瓦屋盖在山坡上，而临着我窗户的是一棵老木瓜树和一棵年轻的榕树。我时常坐在窗前，看那明朗青翠的景色，也时常在池塘边散步，任思绪奔飞。

我在那小小的木屋里住了将近半年，这对于后来我从事写作有决定性的影响。学生时代的我，虽然也在报章杂志上写文章，但最大的心愿却是拍电影。我认为，写一本书和拍一部电影比起来，渺小太多了。住在小木屋的时候，我时常跑到电影公司做一些零时工，希望有机会熟悉电影的环境，以便将来一展所长。可惜我每多拍一天戏就多一分对电影的失望，尤其是拍夜戏回来，因工作粗重而累得全身不能动弹，脑筋却还是清楚地转来转去时。我省觉到，目前中国电影只动身体不动脑子的环境，可能不是最适合我的。

后来的几个月，我忍痛放弃了实际的电影工作，重新开始写作，并且是专注规律地写作。每天，我把木楼梯抽到阁楼上，把窗子的破布幔垂下，依着一盏孤灯，一任心思泉涌奔泻。我拒绝了外界的生活，那三个月，一共写了近二十万字，那可以说是我迈向专业写作的重要基点。

这些年来，我虽然被生活逼得东奔西走，但从小木屋的岁月开始，几乎没有一天放下纸笔、停下写作。我感觉有一股年轻时代的热情在鼓励、支持着我。我对自己的散文有一种奇异的偏爱，因为它们常常像一面镜子，让我照见年轻时候的自己。

写散文也可以提醒我：不要低俗，不要世故，不要浑浊，不要暴躁；不要忘记少年时代的壮怀，不要忘记少年时代的理想，更不要忘记少年时代不怕挫败的勇气。

因此，我的写作重心虽几度改变，但在夜深人静之际，我仍然写着散文。这使我在忙碌的工作中得到舒解，也使我即使处在最坏的景况中还能保持一丝清明。收集在这本书里的文章，都是我在工作余暇写出来的。我觉得这是我近两年来生活改变、思想改变的一些记录。

　　前些天，我去木栅看我旧时居住的小木屋。它已经在岁月里消失得无影无踪了，连后面的池塘都被填平，盖起了公寓。我站在那里怅然良久，想起了那一段简陋的生活，也想起了这一段时间里人事的变迁。我觉得，写作是一个永恒的事业，否则，为何那段时间的作品留了下来，房屋却完全没有形迹了呢?

　　此刻想起匆匆逝去的时光，真如烈酒入腹，叫人血脉翻涌。三十岁应该是写大作的时候了，重翻这些旧作，真想浮一大白，大喝一声：散文小道，何足挂齿!

　　感谢妻子，她不但照顾我的生活，还是最好的读者和批评家，使我能时刻保持警觉的态度反省自己的作品。就文章谈文章，我觉得比起我当年的《莲花开落》、《蝴蝶无须》、《冷月钟笛》，这本集子已经大有进步了。

林清玄
于安和路客寓

卷一　港都夜雨寂寞暝

明年有明年的雪

明年的雾色

明年的永无休止的阳光

还有明年数不尽的生机

月光下的喇叭手

喇叭精亮的色泽也颓落成蛇身花纹一般，斑驳的锈黄色的音管有许多伤痕，凹凹扭扭的；缘着喇叭上去是握着喇叭的手，血管纠结；缘着手上去，我便明白地看见了塞满整条街的老人的脸。

冬夜寒凉的街心，我遇见一位喇叭手。

那时月亮很明，冷冷的月芒斜落在他的身躯上，他的影子诡异地往街边拉长出去。街很空旷，我自街口走去，他从望不见底的街头走来。我们原也会像路人一般擦身而过，可是不知道为什么，那条大街竟被他孤单凉寞的影子紧紧塞满，容不得我们擦身。

霎时间，我觉得非常神秘。为什么一个平常人的影子在凌晨时仿佛一张网，塞得街都满了呢？我感到惊奇，不由自主地站定。我定定看着他缓缓步来。他的脚步凌乱颠踬，像是有点醉了，他手中提着的好像是一瓶酒。他一步一步逼近，在清冷的月光中，我看清了，他手中提的原来是一把伸缩喇叭。

我触电般一惊。他手中的伸缩喇叭，造型像极了一条被刺伤而惊怒的眼镜蛇，它的身躯盘卷扭曲，它悲愤的两颊扁平地亢张着，好像随时要吐出"嘶——嘶——"的声音。

喇叭精亮的色泽也颓落成蛇身花纹一般，斑驳的锈黄色的音管有许多伤痕，凹凹扭扭的；缘着喇叭上去是握着喇叭的手，血管纠结；缘着手上去，我便明白地看见了塞满整条街的老人的脸。他两鬓的白在路灯下反射成点点星光。他穿着一身宝蓝色滚①白边的制服，大盘帽缩皱地贴在他的头上，帽徽是一只振翅欲飞的老鹰——他真像一个刚打完仗的兵士，曳着一把流过许多血的军刀。

突然传来一阵汽车喇叭的声音。

汽车从我的背后驶来，强猛的光使老人不得不举起喇叭护住眼睛。他放下喇叭时才看见站在路边的我，从干扁的唇边迸出一丝善意的笑。

在凌晨的夜的小街，我们便那样相逢。

老人吐着冲天的酒气告诉我，他今天下午送完葬分到两百元，忍不住跑到小摊去灌了几瓶老酒。他说："几天没喝酒，骨头都软了。"

---

① 滚（边）：一种缝纫方法，也作"绲（边）"。

他翻来翻去在裤袋中找到一张百元大钞，"再去喝两杯，老弟!"他的话语中有一种神奇的口令似的魔力。我为了争取请那一场酒费了很大的力气，最后，老人粗声地欣然答应："就这么说定，俺陪你喝两杯，我吹首歌送你。"

我们走了很长的黑夜的道路，才找到隐没在街角的小摊。他把喇叭倒盖在满是油污的桌子上。肥胖浑圆的店主人操一口广东口音，与老人的清瘦形成很强烈的对比。

老人豪气地说："广东、山东，俺们是半个老乡哩。"

店主惊奇地笑问，老人说："都有个'东'字哩!"

我在六十烛光①的灯泡下笔直地注视着老人，不知道为什么，竟在他平整的双眉中跳脱出来的几根特别灰白的长眉毛上，看出了一点忧郁。

十余年来，老人走上送葬的行列，用骊歌为永眠的人铺一条通往未知的道路。他用的是同一把伸缩喇叭，喇叭凹了、锈了，而在喇叭的凹锈中，不知道有多少生命被吹送了出去。老人诉说着不同的种种送葬仪式。他说到在披麻衣的人群里人与人竟会有完全不同的

---

① 烛光：电灯泡的功率单位，即"瓦"。

情绪时，不觉仰天笑了："人到底免不了一死，喇叭一响，英雄豪杰都一样。"

我告诉老人，在我们乡下，送葬的喇叭手人称"罗汉脚"，他们时常蹲聚在榕树下嗑牙，等待人死的讯息。老人点点头："能抓住罗汉的脚也不错。"然后老人感叹地认为，在中国，送葬是一式一样的，大部分人一辈子没有听过音乐演奏会，一直到死时才赢得一生努力的荣光，听一场音乐会。

"有一天我也会死，我可是听多了。"

借着几分酒意，我和老人谈起了他漂泊的过去。

老人出生在山东的一个小县城里，家里有一片望不到边的大豆田。他年幼时便在大豆田中放风筝、捉田鼠，春风吹来时，看田边绽放出嫩油油的黄色小野花，天永远蓝得透明。风雪来时，他们围在温暖的小火炉边取暖，听着戴毡帽的老祖父一遍又一遍说着永无休止的故事。他的童年里有故事，有风声，有雪景，有贴在门楣上迎接新年的红纸，有数不完的在三合屋围成的庭院中追逐的笑语……

"廿四岁那年，俺从田里劳作回家，看到一部军用卡车停在路边，两个中年汉子把我抓到车上。俺连锄头都来不及放下，害怕地哭着，车子往不知名的路上开走⋯⋯他奶奶的！"老人从车子的小窗中看着故乡远去，远远地去了。那部车丢下他的童年，他的大豆田，还有他老祖父终于休止的故事。他的眼泪落在车板上，四周的人漠然地看着他，一直到他的眼泪流干。下了车，竟是一片大漠黄沙。

他辗转到了海岛。天仍是蓝的，稻子从绿油油的茎中吐出和他故乡的嫩黄野花一样的金黄。他穿上戎装，荷枪东奔西走，找不到落脚的地方。"俺是想着故乡的啦！"渐渐地，他连故乡都不敢想了，有时梦里活蹦乱跳地跳出故乡，他正在房间里要掀开新娘的盖头，锣声响鼓声闹。"俺以为这回一定是真的，睁开眼睛还是假的，常常流一身冷汗。"

老人的故乡在酒杯里转来转去。他端起杯来一口仰尽一杯高粱。三十几年过去了，"俺的儿子说不定娶媳妇了。"老人走的时候，他的妻正怀着六个月的身孕，烧好晚餐倚在门上等待他回家，他连一声再见都来不及对她说。老人酗酒的习惯便是在想念他的妻到不能自拔的时候养成的。三十年的戎马真是侂傺，故乡在枪眼中成为一个名词，那个名词简单，简单到没有任何一本书能说完，老人的书才掀开一页，一转身，书不见了，到处都是烽烟，泪眼苍茫。

当我告诉老人我们是同乡时，他几乎泼翻凑在口上的酒汁，发疯一般地抓紧我的手，问到故乡的种种情状。

"我连大豆田都没有看过。"

老人松开手，长叹一声，因为醉酒，眼都红了。

"故乡真不是好东西，看过也发愁，没看过也发愁。"

"故乡是好东西，发愁不是好东西。"我说。

退伍的时候，老人想要找一个工作。他识不得字，只好到处打零工，有一个朋友告诉他："去吹喇叭吧，很轻松，每天都有人死。"他于是每天拿着喇叭在乐队里装个样子，装着装着，竟也会吹起一些离别伤愁的曲子了。在连续不断的骊歌里，老人颤抖的乡愁反而被消磨殆尽了。每天陪不同的人走进墓地，究竟是什么样一种滋味？老人说是酒的滋味，醉酒吐了一地的滋味。

我不敢想。

我们都有些醉了，老人一路上吹着他的喇叭回家，那是凌晨三点至静的台北，偶尔有一辆疾驶的汽车"呼呼"驰过。老人吹奏的骊歌变得特别悠长凄楚，喇叭"哇哇"的长音在空中流荡，流向一些不知道的虚空。声音在这时是多么无力，很快被四面八方的夜风吹散。总有一丝要流到故乡去的吧！我想着。

我向老人借过伸缩喇叭，也学他高高地把头仰起，喇叭说出一首正在年轻人中间流行的曲子——

> 我们隔着迢遥的山河
>
> 去探望祖国的土地
>
> 你用你的足迹
>
> 我用我游子的乡愁
>
> 你对我说
>
> 古老的中国没有乡愁
>
> 乡愁是给没有家的人
>
> 少年的中国也没有乡愁
>
> 乡愁是给不回家的人

老人非常喜欢这首曲子，然后他便在我们步行回他万华住处的路上用心地学着曲子。他的音对了，可是不是吹得太急，就是吹得太缓。我一句一句跟他解释了这首歌。这歌，竟好像是为我和老人写的。他听得出神，使我分不清他的足迹和我的乡愁。老人专注地吹曲子，一次比一次温柔，充满感情。他的腮鼓动着，像一只老鸟在巢中无助地鼓动翅翼，声调却正像一首骊歌。他停下的时候，眼里赫然都是泪水，他说："用力太猛了，太猛了。"然后靠在我的肩上"呜呜"地哭起来。我却在老人的哭声中听到了大豆田上"呼呼"的风声。

我已忘记我们后来是怎么走到老人的家门口的。他站直立正，万分慎重地对我说："我再吹一次这首歌，你唱，唱完了，我们就回家。"

唱到"古老的中国没有乡愁，乡愁是给没有家的人"的时候，我的声音喑哑了，再也唱不下去了。我们站在老人的家门口，竟像没有家一样，唱着骊歌，愈唱愈遥远。

我们是真的喝醉了，醉到连想故乡都要掉泪。

老人的心中永远记得他掀开盖头时新娘的面容，而那新娘已是个鬓发飞霜的老太婆了。时光在一次一次的骊歌中走去，冷然无情地走去。

告别老人，我无助地软弱地步行回家。我的酒全醒了，脑中充塞着中国近代史一页沧桑的伤口，老人是那个伤口凝结成的疤。他像吃剩的葡萄藤，无助地掉落在万华的一条巷子里，他永远也说不清大豆和历史的关系，他永远也不知道老祖父的骊歌是哪一个乐团吹奏的。

故乡真的远了。

故乡真的远了吗？

我一直在夜里走到天亮。我看到一轮金光乱射的太阳从两幢大楼的夹缝中向天空蹦跃出来，有一群老人穿着雪白的运动衫在路的一边做早操。到处是从黎明起开始蠕动的姿势，到处是人们开门拉窗的声音。阳光射进每一个窗子。

不知道为什么，我老是惦记着老人和他的喇叭。分手以后我再也没有见过他，每次在街上遇到送葬的行列，我总是寻找着老人的面影；每次在凌晨的夜里步行，老人的脸与泪便毫不留情地占据我；最坏的是，我醉酒的时候，总要唱起——

我们隔着迢遥的山河

去探望祖国的土地

　　你用你的足迹

　　我用我游子的乡愁

　　你对我说

　　古老的中国没有乡愁

　　乡愁是给没有家的人

　　少年的中国也没有乡愁

　　乡愁是给不回家的人

　　然后我知道，可能这一生再也看不到老人了。但是他被卡车载走以后的一段历史却成为我生命的刺青，一针一针地刺出我的血珠来。他的生命是凹凹扭扭的伸缩喇叭的最后一个长音。

　　在冬夜寒凉的街心，我遇见一位喇叭手。春天来了，他还是站在那个寒冷的街心，孤冷冷地站着，没有形状，却充满了整条街。

兵卒无河

我们玩着一种叫做「暗棋」的游戏，不到全翻开不能知道全盘的结果。长大后我才知道，暗棋正像一则命运的隐喻，在起动之初，谁也料不到真正的结局。

　　小时候，我家搬到了乡镇角角一条破败的巷子中，那里住满了收入很低的人，他们生存的方式是与命运赌生活。

　　巷子里的人都咬紧牙关与生活拼斗着，他们虽然不安命，却像一条汇成的河流，安分地让岁月的苦难洗练着。最引人注目的是一个妓女户的保镖，大家都有意无意地与他保持距离，大人们面前不说，背后总是嘀咕着："都中年的人了，还干什么保镖！"小孩见到他则像着瘟一样，远远地龟缩着。

　　保镖的名字叫旺火。旺火是巷子内堕落与丑恶的象征，他像一团火，烧得巷中人心惶惶。他干保镖的妓女户与巷子离得不远，所以他每天都要在巷里来回几趟。我搬去的第二天就看清他的脸了，他脸上的肌肉七缠八交地突起，半张脸被未刮净的胡楂子盖得青糊糊的，两边的下颚骨格外大，好像随时要跃出脸颊外，戳到人身上一般。

在街坊间溜达，我隐约知道旺火。他年轻时就凭着两膀子力气在妓院中沉沦了，后来娶到妓院中的一个妓女，便带着他那瘦小苍白的女人落厝在我们巷子中。旺火不干保镖了，便帮人在屠宰场中杀猪，闲暇时替左右邻舍干些杂活维生，倒与妻子过了一段平安的日子，连平常严肃的阿喜伯都捻须微笑："真是浪子回头金不换呀！"别人问起他的过去，他只是摇头，抬眼望向远方。

旺火的妻明明瘦得像竹杖一样，人们却唤她阿桃。她和旺火倒好似同出一脉，帮人洗衣割稻总是不发一言。她无神的大眼像一对神秘的抽屉把子，有点锈了，但是没有钥匙，打不开来看看抽屉中到底有些什么。阿桃即使一言不发地努力工作，流言却不能止。在溪边浣衣的长舌的妇人们总传着她十二岁就入了妓院，攒了十几年才还了院里的债，随了旺火。

他们夫妇便那样与世无争地度日，好似腐烂的老树中移枝新插的柳条，虽在风雨中飘摇着，却也鲜新地活了下来。

旺火勤恳的好脾性并没有维持多久。住巷子的第三年，阿桃在炎热的夏日中难产死了，宛如桃花逢夏凋萎，只留下一个生满了烂疮的儿子。旺火的火性像冬天躺在烂火中的炭忽然遇见干帛一样猛烈地焚烧起来，镇里人只有眼睁睁地看那团火爆烈开来。

旺火将家中能卖的器物全部变卖，不能卖的都捶得粉碎，然后用一具薄棺就草草葬了他的妻。

旺火更失神了。从他居住的那间小小瓦屋里不时传来碰撞的声音，还有小儿尖厉的长啼。他胡乱地喂养他那克死娘亲的苦命的孩子。他很久没有在镇上露面，人们也只在走过那间屋时张脑探头一番，而后纷纷议论着离开。

有人说，他那屋壁都要被捶穿了。

有人说，他甚至摔过那生养不满一月的儿子。

也有人说，他已经瘦得不成人形了。

但是最惊人的消息是——旺火又回到妓女户去了。

"到底是干不了三天良民哩！"阿喜伯说。

几个月后，旺火出现了，他仍然一味地沉默不语。人们常常看他低着头匆匆穿过街道，直到夜色深垂才回转家里，和镇里人没有丝毫关系，他踱着他黑夜的道路，日复一日。

旺火那又被摔又被打、只吃"子母"牌代奶粉的儿子竟奇迹似的像吸取了母亲魂魄般地活存了下来。小孩儿长着奇特的八字眉，小小的三角脸，由于他头上长满了棋子般大小的圆状斑疮，人们都叫他"棋子"，日久，这竟成了他的名姓。

棋子在那样悲苦的境况下，仍一日一日地长大。

可是棋子是他阿爸旺火的噩梦，他的降临，使旺火失去了他的妻，乡下人认为这个害死亲娘的孩子是个恶孽。我每次看到棋子，他身上总是结满了鞭打的痕迹。每次旺火的脾气旺了，便对棋子劈头劈脑地一阵毒打，棋子则抱头在地上翻滚，以减轻鞭抽的痛楚。

有一回棋子偷了旺火放在陶瓮里的十块钱去买冰，被旺火发现了。

"你这个团仔，你老母给你害死了，你还不甘心！长得一只蟾蜍样子不学好，你爸今天就把你打死在妈祖庙前！"旺火一路从巷子咒骂着过去，他左手提着赤条条的棋子，右手拿着一把竹扫帚。小鸡一样被倒提着的棋子只是没命地号哭。好奇的镇人们跟随他们父子，走到妈祖庙前的榕树下。

旺火发了疯一样，"干你娘，干你娘！"地咒骂着，从腰间抽出一条绑猪的粗麻绳，将棋子捆系在树上。棋子极端苍白的皮肤在榕荫中隐泛着惨郁的绿色，他无助而喑哑地哭着。旺火毫不容情地拿起竹扫帚"啪"一声抽在他儿子的身上，细细的血丝便渗漫出来。

"干你娘，不知道做好人！"又是"啪"地打下一扫帚。

竹扫帚没头没脑地抽打得棋子身上全红肿了。

好奇地围观的人群竟是完全噤声，心疼地看着棋子。南台湾八月火辣的骄阳从妈祖庙顶上投射下来，燥烤得人汗水淋漓。人们那样沉默地静立着，眼看旺火要将他儿子打死在榕树上。我躲在人群中，吓得尿水沿着裤管滴淌下来。

霎时间，棋子的皮肤像是春耕时新翻的稻田，已经没有一块完好。

乓！乓！

两声巨响。

是双管猎枪向空中发射的声音。所有的人都回转身向庙旁望去，连没命地挥着竹扫帚的旺火也怔住了，惊惶地回望着。

我看见刚刚从山上打猎回来的爸爸，他穿着短劲的猎装，挟着猎枪冲进场子里来。站在场中的旺火呆了一阵子，然后又回头，无事般地举起他的竹扫帚。

"不许动！你再打一下我就开枪。"爸爸喝着，举枪对着旺火。

旺火不理，正要再打。

乓！乓！

双管猎枪的两颗子弹正射在旺火的脚下，扬起一阵烟尘。

"你再打一下你儿子，我把你打死在神明面前。"爸爸的声音冷静而坚决。

旺火迟疑了很久，望着静默地瞪视他的人群，持着竹扫帚的手微微抖动着，他怨愤地望着，手仍紧紧握着要抽死他儿手的那把竹扫帚。

"你走！你不要的儿子，妈祖要！"

旺火铁青着脸，仍然抖着。

乓！

爸爸又射了一枪，忍不住吼叫起来："走！"

旺火甩力地摊下他的竹扫帚，转身硬邦邦地走了。人群惊魂甫定地让出一条路，让他走出去。

看着事件发生的人群围了过来，帮着爸爸解下奄奄一息的棋子，许多妇人忍不住泪流满面地号哭起来。

爸爸一手抱着棋子，一手牵着我，踩踏着夕阳走回家。他的虎目也禁不住发红，说："可怜的孩子。"

棋子在我们家养伤。我们同年，很快成了要好的朋友。他不敢回家，一提到他父亲就全身打哆嗦。棋子很勤快，在我家烧饭、洗衣、扫地、抹椅，并没有给我们添麻烦，但是我也听过爸妈私下对话，要把棋子送回家去，因为"他总是人家的儿子，我们不能担待他一辈子的"。

棋子也隐约知道这个事实，有一次，竟跪下来求爸爸："阿伯，要我做什么都可以，千万别送我回家。"

爸爸抚着他的肩头说："憨囝仔，'虎毒不食子'，只要不犯错，旺火不会对你怎样的。"

该来的终于来了。初冬的一个夜晚，旺火来了。他新剃着油光的西装头，脸上的青胡楂刮得干干净净，穿着一件雪一样的白衬衫，看起来十分滑稽。他语调低软地求爸爸让他带儿子回去，并且拍着雪白的胸膛说以后再也不打棋子。

棋子哭得很伤心，旺火牵着他步出我们的家门时，他一直用哀伤的眼神回望着我们。

天气凉了，一道冷风从门缝中吹袭进来。

爸爸关上门，牵我返屋时长叹了一口气："真是命呀！"

棋子的命并没有因为返家而改变。他暴戾的父亲仍然像火一样猛烈地炙烧着他的心灵与肉体。棋子更沉默无语了，就像他死去的母亲一样，终日不发一言。

才六岁，旺火便把他带到妓院去扫地、抹椅、端水了。

偷闲的时候，棋子常跑到我家玩，日久我们竟生出兄弟一般的情感。我有许多玩具，棋子很喜欢，简直爱不忍释，可是我要送他时，他的脸上又流出恐惧的神色，他说："我阿爸知道我跑到你家，会活活打死我。"那么一个小小的棋子，却背着沉重的生命包袱，仿佛是一个走过沧桑的大人了。

偶尔棋子也会对我谈起妓院的种种，那些事对于才六岁的我，恰如远方的天。那是一个颓落萎靡的地方，许多人躲在暗处生活着，又不知道为什么活着。棋子看到那些妓女们会想起他歹命的母亲，因为街坊中一直传言着，棋子的母亲是被他克死的。有一次他竟幽幽地说："为什么死的是我阿母，不是我？"

当我们一起想起那位苍白瘦小的妇人，常常无言以对，把玩耍的好兴致全部赶走了。

有时候我背着父母，偷偷和棋子到妓院中去，看那些用厚厚脂粉构筑起来的女人。她们排列着坐在竹帘后边，一个个呆滞而面无表情，新来的查某常流露出一种哀伤幽怨的神色。但是一到郎客掀开帘子走进来时，妓女们的脸上即刻像盛开的塑料花一样笑了起来。那种瞬即变化的表情，令我暗暗惊心。

给我印象最深的，是那家妓院的竹帘子上画着的两只色彩斑斓的鸳鸯。郎客一进来，那一对鸳鸯便支离破碎地荡开，发出"悉悉沙沙"的声响，要很久以后才平静下来，一会儿见又被惊飞。我常终日坐在妓院内的小圆椅上看那对分分合合的鸳鸯——也就在那样幼小的年岁里我已惊觉到，妓院的女子也许就像竹帘上荡来荡去苦命的鸳鸯呀！

七岁的时候，棋子苦苦地哀求旺火让他去上学，连一学期四十元的学费都要挣扎半天才得到。

棋子终于和我一起去上一年级。他早上上学，下午和晚上仍到妓院去帮忙。可是上学非但没有带给他快乐，反而让他堕进生命最苦难的深渊。旺火给他的工作加倍了，一生气，便是祖宗十代地咒骂："我干你老母！我们张家祖公仔十八代没有一个读书，你祖公烧好香，今天你读书了，有板了，像个蟾蜍整日窝蹲着，什么事也不干！吃饭、读书，读我个烂鸟！"

棋子要用一块一块柴火烧妓女户全户的热水，端去让一群人清洗肮脏丑陋的下身。他常弄得满身烟灰，像是刚自地底最深层爬出来的矿工，连妓女们也说，眉头深结的棋子顶像他已亡故的母亲。

也不知道为什么，棋子与我都疯也似的爱上下棋。每当妓女户收工，而旺火又正巧出去酗酒的时候，我们便找到较隐蔽的地方偷偷厮杀半天，往往下到半途，棋子想到旺火便神色恐怖地飞奔回去，留下一盘残局。

我们玩着一种叫做"暗棋"的游戏，就是把棋子全部倒盖，一个个翻仰，然后按着翻开的棋子去走，不到全翻开不能知道全盘的结果，任何人都不知道最后的结果。长大后我才知道，暗棋正像一则命运的隐喻，在起动之初，任谁也料不到真正的结局。

　　棋子在妓院中工作的事实，乡人也不能谅解，连脾气最好、为人敬仰的阿喜伯也歪着嘴角："这颗扫把星，克死伊老母，将来恐怕也会和他阿爸一模一样，干那种替查某出气的保镖呢。"人们也习惯了棋子的悲苦，看到被打得满地乱滚的棋子如同看着主人鞭打他的狗一般，不屑瞥看一眼。

　　学校里的孩子也和大人一样世故，每当大家正玩得高兴，见到棋子便电击一般，停下不玩了。棋子也抗拒着他们，如同抗拒某种人生。

　　一天午后，棋子趁旺火和妓女们休闲时跑来找我。我们一起到暗巷中摊开纸来下棋。

　　"我想逃走。"棋子说。

　　"逃走?"我有点惊惶。

　　棋子拉开他左手的衣袖，叫我看他伤痕满布的手臂。那只瘦弱的手上交缠着许多青紫色的线条，好像葡萄被吃光后的藤子，那样无助空虚地向外张开脉络。他用右手轻轻掩上衣袖，幽幽地叹口气说："为什么他那么恨我?"

　　正当我们眼睛都有些濡湿的时候，我看见一只大手不知从哪里伸来，紧紧扣住棋子的衣领向上提了起来。我不禁尖声惊叫，棋子的脸霎时间像放久了的柚子，缩皱成一团，流露出无助和恐惧。他颤抖着。

"干你老母！妓女户忙得像狗蚁，你闲仙仙①跑来这里下棋！"旺火一手提着棋子，一手乱棒似的打着棋子。棋子流泪沉默着，像是暴雨中缩首的小鸡子，甚至没有告饶一句。

"好，你爱下棋，让你下个粗饱！"旺火咬牙说着，右手胡乱地抓了一把棋子，将一粒粒的棋子塞到棋子因恐惧而扭曲的嘴巴中。我听到棋子呕呕的声音。他的嘴裂了，鲜血自嘴角点点滴滴地流下来，眼球暴张。旺火的脸也因暴怒而扭乱着，他瞥见我呆立一旁，脸上流过一丝冷笑，说："干，看啥？也想吃吗？"

我吓得直打抖，便没命地奔回家去唤爸爸，那一幕惊恐的影像魔影似的追打着我。

爸爸来不及穿上衣，赤着身子跑到暗巷里去。

我们到的时候，只看见满地零零落落的鲜血，旺火和棋子都已经不知去向。我们又跑到旺火的家，只见桌椅零乱，也不知何处去了。

———————————————

① 闲仙仙：方言，悠闲的意思。

爸爸还不死心，拉着我上妓女户去。老鸨满脸堆欢地走出来："哇！林先生，今日是什么风把你吹来了？"

爸爸冷着脸问："旺火呢？"

"下午跑出去找他后生，再也没有回来呢！"

"天杀的！"

被怒火焚烧的爸爸牵着我的手又冲跑出来，我们就在镇里的大街小巷穿梭了几回，哪里还有棋子的踪影？我疲累无助地流下了眼泪，爸爸很是心慌："哭什么？"

"棋子一定会死的，他吃了一盘棋。"

爸爸又怨恨又焦虑地叹了一口气，领带着我回家。我毫无所知地走着，走着，棋子的苦痛岁月一幕一幕在我脑中放映。我好像有一个预感，再也见不到棋子了。

然后，我便忍不住哭倒在爸爸的怀里。

二十年的汗漫天涯，我进了电影界，并有机会担任副导演的工作。有一次我们要在金山海边拍一场无聊的爱情戏。为了男女主角殉情那场戏，我们安排了一个临时搭起的小屋。每天我就到海边去看那一间用一片片木板搭盖起来的房子。

快要完成的那一天，我在屋顶上看见一个熟悉的身影。他正在烈日炎炎的午后勤奋地钉着铁钉，当他抬起头时，我看清了那一张小小的三角脸，以及脸上的八字眉。我的心猛然一缩——那不是棋子吗？

"那个留平头的青年叫什么名字？"我踯躅了一下，去见他们的工头。

"阿基仔。"

"他是哪里人？"

"我们搭外景的工人都是临时招募来的，我不知道他是哪里人。"

"他是不是爱下棋？"

工头摇摇头，两手一摊，便又去做他的工作了。

我站在旁边观察很久，忍不住抬头高唤了一声："棋子！"

年轻人停止手边的工作，用茫然的眼神望了望我。

"我……"我的话尚未出口，他又继续做他的工作。

"棋子，我是阿玄，你不认识我了吗？"

"先生，你认错人了。"他面无表情地说。

"你小时候常和我一起的呀！你爸爸旺火呢？"我热切地怀抱着希望地说。

"先生，你认错人了。"他皱着眉，冷冷地说。

我不敢再问，只能站得远远的，看那一座脆弱的、随便搭盖起来的外景房子在薄暮的海风中渐渐成形。

当夜我折腾了一晚，想起日间那个熟悉的影子，与我幼年时代的影像一贴合，不禁兴念起许多生命的无常。我可以肯定那个脸和那个神情，便是隐埋在我心最深处的棋子。

"那一定是棋子！"

我便在这一句简单的呼喊中惊得每根神经末梢都充血而失眠了。

第二天，我再到外景地去问工头，他说："伊哦，昨晚也不知为什么说辞工不做了，拿着工钱走了，现在的工人真没办法……"然后他想起什么似的，惊诧地问我，"先生，找他有什么事吗？"

"没有，没有，只是问问。"我心慌地说。

那一刻，我知道，棋子将在我的生命中永永远远地消失了。

过火

人生的火一定要过，情感的火要过，欢乐与悲伤的火要过，沉定与激情的火要过，成功与失败的火要过。我们不能退缩，因为我们要单独去过火，即使亲如父母，也有无能为力的时候。

是冬天刚刚走过、春风蹑足敲门的时节。天空像晨荷的巨大叶片上那浑圆的露珠，晶莹而明亮，台风草和野姜花一路上微笑着跟我们打招呼。

妈妈一早就把我唤醒了，我们要去赶一场盛会。在这次妈祖的生日盛会里有一场"过火"的盛典。早在几天前我们就开始斋戒沐浴，妈妈常两手抚着我瘦弱的肩膀，幽幽地对爸爸说："妈祖生时要带他去过火。"

"火是一定要过的。"爸爸坚决地说。他把锄头靠在门侧，挂起了斗笠，长长叹一口气，然后我们没有再说什么话，围聚起来吃着简单的晚餐。

从小，我就是个瘦小而忧郁的孩子，每天跋山涉水并没有使我的身体勇健，父母亲长期垦荒拓土的恒毅坚韧也丝毫没有遗传给我。

爸爸曾经为我作过种种努力。他希望我成为好猎人，每天叫我背着水壶跟他去打猎，我却常在见到山猪和野猴时吓得大哭，使得爸爸几度失去他的猎物。

然后爸爸就撑着双管猎枪紧紧搂抱着我，泪水濡湿了我的肩胛，他喃喃地说："怎么会这样？怎么会生出这样的孩子……"

他又寄望我成为一个农夫，常携我到山里工作。我总是在烈日烧烤下昏倒在正需要开垦的田地里，也时常被草丛中蹿出的毒蛇吓得屁滚尿流。爸爸不得不放下锄头跑过来照顾我，醒来的那一刻我总是听到爸爸长长的悲伤的叹息。

我也天天暗下决心要做一个男子汉。慢慢地，我变得硬朗了些，爸妈也露出了欣慰的笑容，可是他们的努力和我的努力一起崩溃了，在我孪生的弟弟七岁那年死的时候。

眼见到和自己一模一样的弟弟死去，我竟也像死去了一半，失去了生存的勇气。我变成一个失魄的孩子，每天眉头深结，形销骨立，所有的医生都看遍了，所有的补药都吃尽了，换来的仍是叹息和眼泪。

然后爸爸妈妈想到了神明，想到神明就好像一切希望都来了。神明也没有医好我，他们又祈求十年一次的大过火仪式，可以让他们命在旦夕的儿子找到一闪生命的火光。

我强烈地惦怀着弟弟，他清俊的脸容常在暗夜的油灯中清晰起来，他的脸像刀凿般深刻，连唇都有血一样的色泽。我们曾脐带相连地度过了许多快乐和凄苦的岁月。我念着他，不仅因为他是我兄弟，也是因为我们曾在生命血肉的最根源处紧紧纠结。

弟弟的样貌和我一模一样，个性却很不同。弟弟强韧、坚毅而果决，我却忧郁、畏缩而软弱。如果说爸爸妈妈是一间使我们温暖的屋宇，弟弟和我便是攀爬而上的两种植物——弟弟是充满霸气的万年青，我则是脆弱易折的牵牛。两者虽然交缠分不出面目，却是截然不同的——万年青永远盎然充满炽盛的绿意，牵牛则常开满忧郁的小花。

刚上一年级，弟弟在上学的途中常常负我涉水过河。当他在急湍的河水中苦涉时，我只能仰头看白云缓缓掠过。放学回家，我们要养鸡鸭，还要去割牧草，弟弟总是抢着做，把割来的牧草与我对分，免得我回家受到爸妈责备的目光。

弟弟也常为我的懦弱感到吃惊，每次他在学校里打架输了，总要咬牙狠狠地望我。有一回，他和班上的同学打架，我只能缩在墙角怔怔地看着，最后弟弟打输了，坐跌在地上，嘴角淌着细细的血丝，无限怨恨地凝睇着他无用的哥哥。

我撑着去扶他，弟弟一把推开我，狂奔出教室。

那时已是深秋了，相思树的叶子黄了，灰白的野芒草在秋风中杂乱地飞舞着。弟弟拼命奔跑，像一只中枪惊惶而狂怒的白鼻心，要借着狂跑吐尽心中的最后一口气。

"宏弟，宏弟！"我嘶开喉咙叫喊。

弟弟一口气奔到黑肚大溪，终于力尽了颓坐下来，缓缓地躺卧在溪旁。我的心凹凸如溪畔团团圈住弟弟的乱石。

风吹得很急。

等我气喘吁吁地赶到，弟弟脸上已爬满了泪水，湿乎乎的，嘴边还凝结着暗褐色的血丝，肌肉紧紧地抽着，像是我们农田里用久了的帮浦。

我坐着，弟弟躺卧着。

灵牲深处开莲花

夕阳斜着，把我们的影子投照在急速流去的溪中。

弟弟轻轻抽泣了很久，抬头望着白云万叠的天空，用低哑的声音问："哥，如果我快被打死了，你会不会帮助我？"

之后，我们紧紧抱在一起，放声痛哭，哭得天都黄昏了。听见溪水潺潺，我们才一言不发地走回家。

那是我和弟弟最后的一个秋天，第二年他便走了。

爸爸牵我左手，妈妈执我右手，在金光万道的晨曦中，我们终于出发了。一路上，远山巅顶的云彩千变万化，我们朝着阳光照来的方向走去，爸爸雄伟的体躯和妈妈细碎的步子伴随着我。

从山上到市镇要走两小时的山路，要翻过一座山，涉过几条溪水。因为天早，一路上雀鸟都被我们的步声惊飞，偶尔还能看见刺竹林里松鼠忙碌地跳跃。我们没有说什么话，只是无声默默前行，一直走到黑肚大溪。

爸爸背负我涉到水的对岸，突然站定，回头怅望迅疾地流去的溪水，隔了一会儿，他说："弟弟已经死了，不要再想他。"

"爸爸今天带你去过火，就像刚刚我们走水过来一样，你只要走过火堆，一切都会好转。"

爸爸看到我茫然的眼神，勉强微笑说："只不过是一个小小的火堆罢了。"

我们又开始赶路。我侧脸望着母亲手挽花布包袱的样子，她的眼睛里一片绿，映照出我们十几年垦拓出来的大地，两只眼睛水盈盈的。

我走得慢极了，心里只惦想着家里养的两只蓝雀仔。爸爸索性把我负在背上，愈走愈快，甚至把妈妈丢在远远的后头了。

穿过相思树林的时候，我看到远方小路尽头有一片花花的阳光。

一个火堆突然莫名地闪过我的脑际。

抵达小镇的时候，广场上已经聚集了黑压压的人头。这是小镇十年一次的做醮，沸腾的人声与笑语"嗡嗡"地响动着。我从架满肥猪的长列里走过。猪头张满了蹦起的线条，猪口里含着鲜新的金橙色的橘子。被刮开肚子的猪崽们竟微笑着一般，怔怔地望着溢满欣喜的人群。

广场的左侧被清出一块光洁的空地，人们已经围聚在一起，看着空地上正猛烈燃烧的薪柴，爸爸告诉我那些木柴至少有四千斤。

火舌高扬，冲上了湛蓝的天空，在"毕毕剥剥"的薪柴的裂声中，我仿佛听见人们心里狂热的呼喊。每个人的脸都被烘成了暖滋滋的红色。两个穿着整齐的人手拿丈长的竹竿正挑着火堆，挑一下，飞扬起一阵烟灰，火舌马上又追了上来。

一股刚猛的热气扑到我脸上，像要把我吞噬了。妈妈拉我到怀中，说："不要太靠近，会烫到。"正在这时，广场对角的戏台"咚咚锵锵"地响起了锣鼓，扮仙开始，好戏就要开锣了。

咚咚锵锵，咚咚锵……

火慢慢小了，剩下来的是一堆红通通的火炭，裂成大大小小一块块的，堆成一座火热的炭山。我想起爸爸要我走火堆，看热闹的心情好像一下子被水浇灭了。

"司公来了！司公来了！"人群里响起一阵呼喊。

壅塞的人群全望向相同的方向，只见一个身穿黑色道袍、头戴黑色道帽的人走来，深浓的黑袍上罩着一件猩红色的绸缎披肩，黑帽上还有一粒鲜红色的帽粒。

人群让开一条路。那个又高又瘦的红头道士踏着八卦步一摇一摆地走进来，脸像一张毫无表情的画像。

人们安静下来了。

我却为这霎时的静默与远处噪闹的锣鼓而微微颤抖。

红头道士做法事的另一边，一个赤裸着上身的人正颤颤地发抖，颤动的狂热使人群的焦点又转向他。爸爸牵我依过去，他说那是神的化身，叫作童乩。

童乩吐着哇哇不清的话语。他的身侧有一个金炉和一张桌子，桌上有笔墨和金纸。他摇得太快，使我的眼睛花乱了。他提起笔在金纸上乱画一通，有圈，有钩，有横，我看不出那是什么。爸爸领了一张，装在我的口袋里，说可以保佑我过火平安，平安装在我的口袋里便可以安心去过火了。

呜——呜——呜！呜！

远远望去，红头道士正在木炭堆边念咒语，烟雾使他成为一个诡异的立体。他左手持着牛角号，吹出低沉而令人惊撼的声音，右手拿一条蛇头软鞭用力抽打在地上，发出"啪啪"的响声。鞭声夹着号角声，每个人都被震慑住了。

爸爸说，那是用来驱赶邪鬼的。

后来，道士又拿来一个装了清水的碗和盛满盐巴的篮子。他含

了一口水，"噗"一声喷在炭上。

嗤——

一阵水烟蒸腾起来。他口中喃喃着，然后把一篮盐巴遍撒在火堆上。三乘小轿在火堆旁绕圈子，有人拿长竹竿把火堆铺成一丈长、四尺宽的火毡，几个精壮的汉子用力拨开人群，口里高呼着："请闪开，过火就要开始了。"

三乘小轿越转越快，转得像飞轮一样。

妈妈紧紧抱我在怀中。

三乘小轿的轿夫齐声呼喝，顺序跃上火毡。"嗤"一声，我的心一阵紧缩。他们跨着大步很快从火毡上跑过去，着地的那一刻，所有的人都从梦般的静默里惊呼起来，一些好事的人跑过去看他们的脚。这时，轿夫笑了。

"火神来过了，火神来过了。"许多人忍不住狂呼跳叫。

红头道士依然在火堆旁念着神秘的像响自远天深处的不可知的咒语。

过火的乡人们都穿着一式的汗衫和短裤，露出黑而多毛的腿。一排排的腿竟像冒着白烟，蒸腾着生命的热气。

　　那些腿都是落过田水的，都是在炙毒的太阳和阴诈的血蛭中慢慢长成的。生活的熬炼就如火炭一般铸着他们——他们那样兴奋，竟有一点像去赶市集一样。谁面对炭火总是有些惊惶，可是老天有眼，他们相信这一双肉腿是可以过火的。十二月天冷酸酸的田水，和春天火炙炙的炭火并没有不同，一个是生活的历练，一个是生命的经验，都只不过是农人与天运搏斗的一个节目。

　　轿子，一乘乘地采取同样的步姿，炫耀似的走过火堆。

　　爸爸妈妈紧紧牵着我。每当"嗤——"的声音响起，我的心就像被铁爪抓紧一般，不能动弹。

　　司锣的人一阵紧过一阵地敲响锣鼓，轿夫一次又一次将他们赤裸的脚踝埋入红艳艳的火毡中。

　　随着乱蹦乱跳的锣鼓与脚踝，我的心也变得仓皇异常。想到自己要迈入火堆，我像是陷进了一个恐怖的海上噩梦，抓不到一块可以依归的浮木。

　　一张张红得诡谲的玄妙的脸闪到我的眼睫来。

　　我抓紧爸妈微微渗汗的手，想起了弟弟在天地的风景中永远消失的一幕。他的脸像被火烤焦的紫红色，头一偏，便魔呓也似的去了，床侧焚烧的冥纸耀动鬼影般的火光。

在火光的交叠中，我看到领过符的乡民一一迈步跨入火堆。

有步履沉重的，有矫捷的，还有仓皇跑过的。

我看到一位老人背负着婴儿走进火堆，他青筋突起的腿脚毫不迟疑地埋进火中，使我想起庙顶上红绿交揉的庄严的画像。爸爸告诉我，那是他重病的小儿子，神明用火来医治他。

咚咚锵锵，咚咚锵！

远处的戏锣和近处的锣鼓声竟交缠不清了。

"阿玄，轮到你了。"妈妈用很细的声音说。

"我……我怕。"

"不要怕，火神来过了，不要怕。"

爸妈推着我就要往火堆上送。

我抬头望望他们，央求地说："爸，妈，你们和我一起走。"

"不行。只有你领了符。"爸爸正色道。

锣声响着。

火光在我眼前和心头交错。

爸妈由不得我，硬把我架走到火堆的起点。

"我不要，我不要——"我大声号哭起来。

"走！走！"爸爸吼叫着。

我不要——

妈——

我跪了下来，紧紧抱住妈妈的腿，泪水使我什么都看不见了。

"没出息。我怎么会生出这种儿子，今天你不走，我就把你打死在火堆上。"爸爸的声音像夏天午后的西北雨雷，轰轰响着。

我抬头看，他脸上爬满泪水。

他重重地把我摔在地上，跑去抢起道坛上的蛇头软鞭，"啪"一声抽在我身旁的地上，溅起一阵泥灰。"我打死你！我打死你！林姓的祖先作了什么孽，生出这样的孩子！我打死你，让你去和那个讨债的儿子做堆！"

我从来没有看过爸爸暴怒的面容，他的肌肉纠结着，头发扬散如一头巨狮。

"你疯了。"妈妈抢过去拦他，声音凄厉而哀伤。

红头道士、轿夫们、人群都拥过来抓住爸爸正要飞来的鞭子。

锣也停了。

爸爸被四个人牢牢抓住，他不说话，虎目如电，穿刺我的全身。

四周是可怕的静寂。

我突然看见弟弟的脸在血红的火堆中燃烧，想起爸爸撑着猎枪掉泪的面影和他辛苦荷锄的身姿，我猛地站起，对爸爸大声说："我走，我走给你看，今天如果我不敢走这火堆，就不是你的囝仔。"

锣声缓缓响起。

几千只眼睛如炬一样注视我。

我走上了火堆。

第一步跨上去，一道强烈的热流从我脚底蹿进，贯穿我的全身。我的汗水和泪水全滴在火上，一声"嗤"，一阵烟。

我什么都看不见，仿佛陷进了一个神秘的围城，只听到远天深处传来弟弟轻声的耳语："走呀！走呀！"

那是一段很短的路，而我竟完全不知它的距离，不知它的尽处。相思林尽头的阳光亮起，脚下的火也浑然或忘了。

踩到地的那一刻，土地的冰凉使我大吃一惊。

"呼——"一声，全场的人都欢呼起来，爸爸妈妈早已等在这头，两个人抢抱着我，终于号啕地哭成一堆。打锣的人戏剧性地欢愉地敲着急速的锣鼓。

　　爸爸疯也似的紧抱我，像要勒断我的脊骨。

　　那一天，那过火的一天，我们快乐地流泪走回家。

　　到黑肚大溪，爸爸叫我独自涉水。

　　猛然间，我感到自己长大了。

　　童年过火的记忆像烙印一般影响了我整个生命的途程，日后我遇到人生的许多事都像过火一样，在起步之初，我们永远不知道能否安全抵达火毡的那一端。我们当然不敢相信有火神，我们会害怕，会无所适从，会畏惧受伤，但是人生的火一定要过，情感的火要过，欢乐与悲伤的火要过，沉定与激情的火要过，成功与失败的火要过。

　　我们不能退缩，因为我们要单独去过火，即使亲如父母，也有无能为力的时候。

刺花

在草、山、天空之间，孤鹰衬着蓝天缓缓地盘旋，松鼠在林间快乐地跳跃，远远近近都是绕来绕去的鸟声，无意走过溪谷，满坑的蝴蝶被步声惊飞，人便跌进了彩色的飞腾的童话世界。

我是那样地崇拜爸爸，他宛如一座伟岸而不可及的高山。虽然他也和常年狩猎的汉子一样，有着火暴的脾气，有时一言不合，会和别人干上一架；我们不听话的时候，他总是对我们一阵好打——可是我崇拜他，当黄昏他背着猎物回家的时候。

十几年的山林生活，使爸爸成为了我们山村里最出色的猎人。

爸爸狩猎的才能表现在各方面。他夕阳西下时提着手电筒出去，深夜回家时就带回一麻袋的兔子。他用强光照射兔子的眼睛，就把那些暂时晕眩的兔子轻松地提着长耳回家了。

冬天，他在深山里盖一间茅屋，屋里堆积了废弃的破棉被。在寒冷的冬日的清晨，我常随爸爸去收拾那些窝在破棉被中冬眠的一卷卷的毒蛇，有时一天可以捕到几十斤毒蛇，使我们能过着比一般山中专门捉毒蛇的人更好的生活。

爸爸打山羌、野猪、黑熊、山猫、梅花鹿也都自有他的一套方法，他还会追踪果子狸和穿山甲，而且万无一失。

爸爸有一个打猎的好伙伴，我们称他"太郎叔"，他是泰雅族的山胞，脸上自左至右横过鼻梁有一条青蓝蓝的刺花。他世居深山的狩猎经验和勇力配合爸爸的灵思，常能打到最多的猎物。太郎叔是个孤独的山地人，他太太在生儿子的时候死去了，他唯一的儿子在打猎时因不忍杀死一窝小山猪而被他赶出了家门——在泰雅族人的传统里，饶恕猎物不是勇士的行为。太郎叔为此曾后悔，但他从来不提，只是偶尔在猎山猪时不知不觉地失神。

在我小学一年级的生日时，爸爸送我一支4.5的空气枪，并答应带我去打一次山猪。

那是夏季刚来、草莓刚刚收成的时候，空气中飘满了野草和泥土在阳光下蒸腾出来的香气，繁茂的野草在风里像波浪一样起伏，草的绿和山的苍郁交织成一个充满生命的世界。在草、山、天空之间，孤鹰衬着蓝天缓缓地盘旋，松鼠在林间快乐地跳跃，远远近近都是绕来绕去的鸟声，无意走过溪谷，满坑的蝴蝶被步声惊飞，人便跌进了彩色的飞腾的童话世界。

那是走在山路上就忍不住要哼歌跳舞的季节。

清晨，爸爸擦拭好他的猎枪，一巴掌把我从床上打醒。他的左肩和腰带上早已挂满了晶亮的子弹，他把德国制造的双管猎枪背在右肩上，露出擦过油的枪管。

我在屋后水池漱洗时，爸爸仰天吹了一声尖长的口哨，召唤我们养的七只猎狗。它们一听到爸爸的召唤，便从屋里屋外各个角落飞窜出来，轻轻地讨好地吟吠着。爸爸一一拍打它们的额头，并爱抚地摸抓它们的颈部，然后我们便大跨步走出门，往种满了刺竹的林中走去。

在晨风中，刺竹林发出"窸窸窣窣"的摩擦声。我背着水壶和我的小猎枪，踩在露气未退的泥路上。太阳还没有露脸，天却漾漾地亮起来了。这时，多叶的刺竹林中都是白茫茫的雾气在轻轻地流荡着，雾扑在人脸上，带着一种沁凉的甜味。

我们走过刺竹林，爸爸又吹起一声尖长的口哨，太郎叔养的两只土黄色猎狗从竹林那头奔跳过来，和我们的狗亲昵地打着招呼。

它们互相嗅着、舐着，一时，林间全是猎狗们兴奋的喘息声，有的在林里奔跑，有的互相扑咬着，爸爸用低沉的喉音喝斥着它们。

才一会儿，太郎叔健壮而多毛的双腿便迈到了我们面前。他穿着一条卡其色短裤，上身是一件麻线织成的山地服，向两边敞开，露出他黑黝黝的仿佛金刚打造的精实的胸膛。他手里提着一管土制猎枪，腰上悬着一个弹袋。他含蓄地微笑着跟我们打招呼，脸上的青蓝色刺花快乐地跳跃着。

然后我们一行三人，九只猎狗，沿着黑肚大溪的溪床浩浩荡荡地出发。

那条溪床因长年冲积，大约已有三十公尺宽广，全布满了从山上带下来的卵石，中间只有细细弱弱的一带水，好似期待着夏日暴雨来时再把溪床淹没。我们走不久，朝阳就从山坳口冒了出来，原来被山挡住的光，倾了盆似的扑到我们身上。

"我们大约中午以前可以抵达大毛山，如果你走快一点的话。"爸爸对我说。

"爸爸怎么知道大毛山上有山猪？"

"前几日，我和你太郎叔子到大毛山打鸟，看过山猪出来讨食的痕迹，我们找到一个高山猪窟。"

"你们怎么不把它打下来？"

"就是要留给你来打呀！"爸爸说完就纵声长笑了。

"猴囡仔，打山猪又不是射兔子，一枪就翻天的。"太郎叔微笑着说。

平常我看黑肚大溪时，一直以为它是平直地延伸出去的，现在我发现它不是平直的，而是顺着左右的山势曲折辗转的。我们走到一个坳口，我以为它便是溪的源头，而一转身，它又往远方的山上盘旋上去了。跑到溪岸上晒太阳的小毛蟹，一听到我们的步声，便翻身落水，发出"咚咚"的声响。

我们的猎狗则顽皮地赛起跑来，呼啸一阵，九只狗全飞也似的奔射出去，直到剩下几个黑点在远方游动，再转眼的时间，它们又从远方驰回来磨蹭，伸长舌头，咧开大嘴，站在那里傻笑。

"伊娘咧！这些狗崽有精无处射，等一下遇到山猪要跑不动了。"

我们最大的一只猎犬库路听到爸爸的声音，亲昵地蹭过来嗅爸爸的腿脚。

"干！去！去！"爸爸咒着。

　　我很能理解爸爸的咒骂。他背着一身沉重的行头，汗都落在溪边的石上，看到这一群猛龙活虎般的犬崽，不免有些又爱又气。

　　号喝一声，狗又全往前跑去。

　　"喏，阿玄仔，你看，右边那座没有开垦过的山就是大毛山，我们要猎的山猪就在那山的腰边。"太郎叔指着前边告诉我。

　　我抬头望去，大毛山高高矗立着，杂树与草把山染泼成浓密的绿色。大毛山的形状像我们课本上的剪纸，棱角分明。顺着黑肚大溪，我们一步一步地爬上了大毛山。

　　二毛山和小毛山被开垦出来以后，大毛山就成为我们这些山地人主要的猎场，长年的踩踏，竟使溪沿着山的地方出现了一条小路。我们到了山腰际的时候，猎狗们已经在山里面到处吠叫了，显出紧张与不安。爸爸低声呵斥着，猎狗们安静下来了，伸长舌头，在山腰上喘着长气。

　　太郎叔指着野相思树下零乱的草堆对我说："这些草都被山猪踩滚过，顺着草迹往前就是山猪窟，我们可以爬到前面的相思树上，用枪射杀山猪，比较安全。"

　　我看着太郎叔指的地方，果然隐约有一个阴黑的山洞，洞前是繁密得几乎没有空隙的银合欢。银合欢树上则开着一球球圆形的小黄花，有几只黑色的凤蝶在那里翩翩飞动。

猎狗们在这里特别安静。

我们蹑着足，挨到山猪窟大约廿公尺的地方，那里果然有几棵野生的高大相思树。太郎叔伶俐地攀上右边的相思树，爸爸抱着我爬上左边的相思树，两棵树相聚十五公尺，正巧与山猪窟组成一个等边三角形。

爸爸用手指示意我不要出声，轻声地说："等一下山猪出来，你就紧紧抱着这根树枝，不管怎么样，不要放手。"然后他大声地吹了口哨，叫道，"库路，去！"

聪明的猎狗们一跃而上，围在山猪窟前，大声而疯狂地吠叫起来。狗的叫声霎时间震响了整个山野，远远的山上还传过来凶猛的回声。我听见爸爸和太郎叔给枪上子弹的声音，便也把我的小猎枪举起来正对着山猪窟。

狗叫了很长的一阵子，忽然一只黑乌乌的山猪像箭一般从洞中飞出来，朝狗群奔去。猎狗们呼啸一声，全向四边逃去，山猪愤怒地奔驰了一阵，因不知要追哪一只狗而在野地里转了半天，颓然地回到洞里。

爸爸冷静地看山猪走回去，对我说："现在还不能打，要等到山猪跑得没有力气了再打，才不会让它逃回洞去。"

"狗为什么不咬它呢？"

"狗咬不过山猪的。"

正在我们交谈的时候，狗群又飞也似的从四面八方跑回来，在洞口高声叫嚣，叫得山猪忍无可忍，再度跑出来，一阵狂奔乱转，还发出"嗷——嗷——"的叫声。狗一眨眼间就跑得看不见影子了，山猪这一回追得很远，依然愤怒地走回来。它发现我们坐在树上，便疯狂地往我坐的相思树一头撞来，树枝整个摇晃着。

我"哇"地一声尖叫起来。

爸爸一边揽着我一边说："不要怕，抱紧树枝，它撞不倒的。"

我死命地抱着树。山猪一再地撞着树干，愈撞愈小，一直到气力用尽，才走回洞里。山猪的力头真大，它把对狗的愤怒都发泄在相思树上。

猎狗们马上又回来了，胜利地叫着，它们的迅捷和合作就像一支训练有素的军队一样。

　　这一次，山猪走出洞口，定定地看着狗群，发出"嗷嗷"的吼声。猎狗们稍稍稍后退，和它保持着距离，不甘示弱地吠着，忍无可忍的山猪终于又向狗群冲了过去。

　　爸爸和太郎叔打了手势，说："可以了。"

　　山猪这一次追得很远，本来在洞口的银合欢被它冲撞得东倒西歪。爸爸和太郎叔把枪口对着山猪远去的方向，我也举枪瞄准。约一盏茶的时间，无力的山猪从山下走上来，走到快到我们蹲伏的树上时，爸爸低沉地说："射！"

　　砰！砰！

　　两声，山猪便摇摇晃晃地走了几步，倒在地上。我清楚地看见它的额头和肩胛涌出大量的鲜血，它倒在地上，还抽动着。太郎叔又补了一枪，它很快停止了挣扎。

　　"死了，"爸爸说，"我们吃午饭吧。"

　　"爸，为什么不下去捉它呢？"

　　"山猪都是一公一母住在洞里，我们只打死母的，公的出去讨食了，它回来看到母的被打死会凶性大发，会伤人的。所以我们要等那只公的回来，一起打了。"

我想起爸爸很久以前对我说过的故事。

有一次住在平地的人到山里打猎，打了母的山猪就回去了，公的山猪发狂，把山里的一间茅屋撞平，杀了里面的一家四口。那些人肚子上都是两个穿透的窟窿，肠胃流了一地——想到这儿，我不觉吓了一身冷汗。

爸爸说："山猪是有情的动物，愈是有情的动物，凶性愈大，愈要赶尽杀绝。"

我们开始坐在树上吃午饭，猎狗们跑回来，在山猪身边高兴地蹭着，嗅着，还抢着舐山猪流出来的血。爸爸把准备的狗食丢下去，它们便围过来抢食。

"爸，公的山猪什么时候会回来？"

"快了，如果窟里有小山猪的话，马上就会回来，如果没有，太阳下山以前也会回来。"

"你觉得，里面是不是有小山猪？"

"应该有，不然母山猪不会在洞里。"

我们很快就把饭团吃完了。吃饱的猎狗们在地上玩耍，有几只伏在地上伸长舌头喘气，并竖起耳朵倾听着。爸爸看着它们，怜爱地说：“干！这些狗崽真是好。”

还不到一炷香的时间，原来坐在地上的狗警觉地站了起来，朝我们前面的方向望去。

爸爸说：“山猪公回来了。”

话音未落，猎狗们已经围上去叫了起来。远远的，一只比母山猪大一号的山猪低着头，悠闲地踱步过来。这只山猪公是深棕色的，头大身壮，嘴很长，嘴边还露出两根自得耀眼的獠牙。它很威武地走近洞口，仿佛无视身边叫着的狗。“自大的山猪呀，今天是你葬身之日，你还在那里威风！”我突然想起布袋戏的一句口白。猎狗们保持距离，在山猪旁乱叫乱跳。

公山猪走到洞口，掀动鼻子，眼睛一斜，就看见血迹流满一地的母山猪。它突然“呜嗷——”一声长叫，向狗群猛扑过去。机灵的狗早在它动身之际，就伸开长腿往四下散去了。公山猪边追边叫着，在母山猪四周绕着圈子，终于无望地回到母山猪的身旁，用粗大的头颅挨着母山猪的身体摩擦，呜呜哀叫，叫声凄厉，听得我整个胸腔都浮动起来。

哭叫一阵，它抬头看见太郎叔藏身的地方，用它又长又尖的利牙向相思树没命地撞去。太郎叔紧紧抱着那棵树。树在强大的撞击下，像在台风天一样地摇动着，树叶像雨一样落了满地。它每撞一回，相思树干上就多出两个明显的伤口。

"这山猪公死了老婆，起疯了。"爸爸说着，举枪对准那头山猪。

猎狗们又跑来挑逗它了，胆大的库路甚至还咬了它一口。山猪又开始追逐那一群它明知追不上的猎狗，转了很大一圈，它又折回来，在母山猪的身侧哀鸣。它无助地把头埋在母山猪的胸前。

爸爸叫："射！"

砰！砰！

又是两声。这一次两枪都打中它的头部，鲜血翻涌，它抽搐两下就倒在血泊里，再也不动了。它的身体正好压在母山猪的身上，一地都是鲜血。

我们从树上下来，才发现太郎叔爬的那棵树下落了一地的树皮。

太郎叔说："没看过这么猛的山猪，有一百多斤。"

我们走过去检视那两只山猪，山猪细长眼珠都翻了白，不肯瞑目。

"果然有两只小山猪。"我们走到洞口，两只小狗一样大的山猪正在洞里的一角蠕动着、哀叫着。太郎叔把枪举起来，对准那两只小山猪。意外地，他并没有开枪，颓然地放下双手说："捉回去养吧！"爸爸和我默默对视，我们心里知道，他又想起了他离家的儿子。

太郎叔砍来一枝粗大的相思树丫，把四头山猪的脚都绑在树枝上，两个大人抬着山猪回家，我背着小空气枪，才想起今天一枪都没有打。

我们便在小山猪的哀鸣声和猎狗的戏耍里，一路无言地在斜阳的光辉里走回家。

在山上，打到一窝山猪是一件了不得的大事，我们雇的几个伐木工人和帮我们看山的阿火叔一家四口都来庆祝。我们就在家屋的庭院上生起火堆，把那只母山猪烤来吃，公山猪则腌制起来，准备过冬。

山上的夏夜是迷人的，空山里一片静寂，只有四周伴随着的蛙虫鸣声。大家吃着、笑着，互相谈论自己打猎的英勇事迹。正当大人们喝酒喝得有几分醉意的时候，我看见屋后有个人影闪动了一下。

"爸，有人。"

"哪来的人？"

"我好像看到屋后有一个人。"

　　爸爸警觉地拾起一根竹棒站起来，嘀咕着："会不会是盗林的山贼?"我随爸爸走到屋后，果然有一个人躲在那里，爸爸大声吆喝："谁?"声音刚喊出来，他就认出那是太郎叔的儿子。

　　"何雄仔，你回来，怎么躲在厝后，不到前面来?"

　　"阿伯，我阿爹……"

　　"你阿爹，早就原谅你了。"

　　爸爸便拉着阿雄哥走到屋前，边走边叫："太郎，你看谁回来了?"

　　太郎叔走过来抱住阿雄哥，父子俩对看了一番，太郎叔说："我今天才捉了两只小山猪，要给你养哩!"然后便纵声大笑，声音响遍了空山。

　　那是一个难忘的晚上，狂欢的气氛弥漫了整个山区。太郎叔脸上青蓝蓝的刺花映着火光跳动的影像，经过十几年，还刻写在我童年的一页日记里。

负琴盲翁

他没有形迹地，在我已知或未知的角落里生活着。他永远负着那一把沾满油污的月琴，永远是一个破碗，永远是那一套残破的粗布灰衣。

他翻睁着两个空白的眼球，无视来来往往过路的人群，只是用心地弹琴唱着，咿咿唔唔地，也听不清他在唱些什么。在他盘坐的腿前，放着一只破旧的缺了几处碗口的粗陶碗。

碗里零零落落地摆了一些硬币，偶尔有一两张十元的旧钞，歪歪扭扭躺在碗底，钞票的角在风里微微晃动。

许多过客脚音杂沓地走过。

岁月，便也那样无声息地流过了。

我凑近去，他那不成调的抒情歌便有一些分明了。

思想起——

歹命人啊，弹琴泪纷纷。

想起三十年前事哦，

一言难尽是讲未清，

生活过着是真艰苦。

思想起——

一日过了又一日，

不知如何啊过三顿。

善心人啊，万望相疼痛，

同情阮是歹命人啊——

几个硬币又丢到盆里来，他却毫不知情地那样弹唱着。月琴的两根简单的弦，这时不知为何竟流出了一种苦难而无处倾泻的绞痛。那个负琴盲翁的血，竟像在两根琴弦上流淌，让我无法自安。

他只是一个小小的乞者，淹没在人潮中。也许我们发现了，丢给他三五元，如果我们没有发现，他也就像路边的一颗石头，那样平常。

很多年来，我每年都要看见负琴盲翁几次。在大甲妈祖将要回娘家的妈祖庙口，他唱着《思想起》；在北港朝天宫的妈祖生日时，他坐在大路上唱《思想起》；在西港王爷的烧王船典礼上，他也在无情的脚步中唱他那悲苦的《思想起》。每回我去作田野的报道，他总是在那里，弹唱着他眼泪纷纷的生活。

他没有形迹地，在我已知或未知的角落里生活着。他永远负着那一把沾满油污的月琴，永远是一个破碗，永远是那一套残破的粗布灰衣。

他的月琴弹得真不错，我常站在他身后听半天，不忍离去。

我想到老民谣歌手陈达。

月琴是一个什么样的背负呢？负琴的盲翁背着它四处游唱来讨微薄的生活，又有什么样的寓意呢？

有一回我听得呆了，在他破旧的碗中颤抖地放下一张百元钞票。一位好心的路人走来对我说，不用那么大方，现在的乞丐比我们有钱。"说不定他晚上回家住洋房，还有两个姨太太呢！"然后他善意地笑着走了。

那一刻我的感觉，至今想起来仍有一点荒谬。我真愿如那路人所说，他有个洋房，也有两个姨太太，在他风尘奔波后的夜晚，服侍着他风烛般的躯体。

我的愿望常不免落空。

后来我逐渐知道了盲翁的身世。

他姓林，是台中县树仔脚的人，不但没有洋房，没有姨太太，连每天三餐的温饱都成为一种奢望。盲翁一生下便已经失明了，但是并没有丧失面对生活的勇气。他在漆黑的夜中吹着凄凉的笛声，以按摩来维持简单的生活。

有一阵子，他在旅馆中巡回按摩的事业颇有起色，于是认识了另一个按摩女，也便那样无知地结了婚，并且生了子。夫妻俩一到暗夜便吹着喑哑的笛声，分头去帮人按摩，日子倒也平安，就把希望寄托在看起来正常的儿子身上。

没想到，旅馆的按摩业平地惊雷，被年轻的马杀鸡①女郎侵占，盲翁和他的妻为了活下去，只好走到了街头，以琴弦代替笛声来讨生活。

如今呢？

————————

① 马杀鸡：推拿和按摩的意思。

如今盲翁的妻病倒在床上。

如今盲翁的孩子廿几岁了，眼睛是明的，却终日只是流着口水。

如今他在千劫万磨中依旧唱着：

"思想起——

"歹命的锁啊，

"找不到锁匙的关着啦！"

盲翁的歌声常在我读书时从窗外的夜空流进，魔影似的伴随着那样喑哑的苦涩的琴声。

我狠下心来买了一把月琴挂在客厅。

月琴的造型是美的，声音也清脆，但却蘸了血一样，在我望见时便流起无声的泪——

"思想起，歹命人啊——"

失去的港都

当我们用血泪沾着岁月前进的时候才发现，原来人生的信念有时是由不得人的，其中有天意在。我们被天意驱策，最后变成一条小小的船，在命运的大海中流浪。

深夜到朋友家饮酒，朋友放了一张最近出版的创作歌曲的唱片，其中有一首是琼瑶早年写的《船》：

> 有一条小小的船
>
> 漂泊过西北东南
>
> 漂泊过东南西北
>
> 盛载了多少梦幻
>
> 盛载了多少憧憬
>
> 来来往往无牵无挂

…… ……

憧憬已渺

梦儿已残

何处是我避风的港湾

避风的港湾

何处是我

避风的港湾

　　这一首平平淡淡的歌曲，竟在酒后勾起我对一段年少时光的回忆。记得初中一年级读《船》是在两堂数学课和两堂英文课上。我看《船》看得入迷，只字未听，深为人世中的变幻漂泊而感动。

　　回家后写日记，一口气写了三十几页，被姊姊发现训斥了一顿。如今，数学课、英文课上看小说、做梦的岁月忽然隐去了，再也没有当年的心情。有一次翻看少年时代的日记，读到日记中的几句："读琼瑶的小说《船》，深为所感，泪不能禁。人生之无常竟至于斯？"我不禁哑然失笑，那时年纪轻轻，终日做梦，哪里知道什么是人生呢？只是人生真如一艘船的意象在我的心中存留了下来，愈是不再年少，愈是感受到精神上的浪荡漂泊。

在一起喝酒的朋友都取笑我，认为少年时代做这种无聊的梦十分欠缺人文精神，是对人生没有信念的表征。可是，什么是人生的信念呢？当我们用血泪沾着岁月前进的时候才发现，原来人生的信念有时是由不得人的，其中有天意在。我们被天意驱策，最后变成一条小小的船，在命运的大海中流浪。

我一直相信强者的哲学，相信人的生命力是无限强韧的，可是在命定的狂风暴雨中，强者的哲学也不是无所不能的，也有断桅灭帆的时刻。如何找到一个港湾来修桅理帆，有时比往前冲刺还需要智慧。

行船的自由和修船的智慧对我来说是同等重要，然而我们是如此年轻，哪里有那么大的智慧来驾驭自由呢？

我少年的时候读过很多充满梦幻和憧憬的小说，常常被那些富有想象力的写作者感动，希望自己也有如此的人生。那是对自由的向往，年岁稍长，我读了许多阐扬人生定静、强调永恒不朽的思想的作品，深为哲人智慧的灵光折服，那是对智慧的锻炼。我想，"自由的向往"是我们所希求的，可是"智慧的锻炼"却是不可规避的道路。我感到迷惑的是，为什么自由往往在实际人生中断翼？而智慧，为什么总在悲剧之后才成熟呢？

那一天我终于喝得有点醉了。走出朋友的家门时，天突然下起大雨，我被淋得一身湿，钻进出租车里，巧的是出租车正在播放一首古老的台语流行歌曲《港都夜雨》，低哑的男声传扬出来：

> 今日又是风轻雨微异乡的都市
>
> 路灯青青照着水面
>
> 引我的悲意
>
> 青春男儿不知自己
>
> 要行哪里去
>
> 啊……
>
> 漂流万里
>
> 港都夜雨寂寞暝

我小的时候很爱唱这首流行歌，但多次听到这首歌，总是没有此刻让我感受深刻。我们都曾是青春的男儿，不知道自己的道路，在万里的漂流中摸索。到最后，船还在，港都却失去了，甚至于，港都慢慢退远，连船都找不到了。

出租车司机是个年轻的小伙子，他应和着《港都夜雨》，用他年轻而充满生气的嗓音一遍又一遍地唱，恐怕那样辛酸的漂泊，很能道出一般年轻人的心声吧！

步出出租车，走在回家的山道上，路灯是青青，却不是风轻雨微，是大雨淋身。人生不正是有这么多不可预料的风雨吗？

合欢山印象

我深深知道这个世界是个有情世界，即使是一棵短竹在雪地里长得峥嵘，一棵青松在冰雪之巅傲然伫立，也都在显示天地有情。

雪

只要独自在雪地上一站，旷古以来的落拓豪迈，便像是不尽的白雪，自遥远的历史英雄的胸怀走进自己的血脉深处。

有一天凌晨，我被敲窗的冷雪惊醒了。朔风野大，我赤足推门而出，站在松雪楼巨大的横匾前，一双足就僵在雪地上。满天望也望不尽的雪，隐约能看见东峰上争扬向上的松针。我惊愕于世界的神奇，竟出神地望着远方，纵任雪雨滴滴点点打在脸上，一直到外套湿了才讪讪然回到松云楼中。

那一夜如何也睡不着觉了，熄灯静坐，思想起远方的家人，思想起念念眷眷的爱侣，思想起这样的风云仿佛曾在地理课本、历史课本上读过，仿佛曾在若干年前老祖父的故事里听过，终至思绪起伏，不能自已。

我深深知道这个世界是个有情世界，即使是一棵短竹在雪地里长得峥嵘，一棵青松在冰雪之巅傲然仁立，也都在显示天地有情。风云有时不免是困难和险阻的象征，但是却可以因此成就一个人的品性。

这些时日的单独思考，使我的心怀犹如千山万壑中的涓涓细流，许多人物在其中流荡、成形，他们的笑、爱、举止都还清晰地印在我心底深处，就连那些景物也仍紧紧和我的心牵连着。

即使此刻我就着晨光坐在庭前，合欢山在白雪中升起的曦阳恍若在远处伸手召唤我，像早前我每天清晨推窗的时候。

炉　火

在晚来欲雪的天气里，"红泥小火炉，能饮一杯无"是一种多么中国、多么高旷的境界。

合欢山的雪夜离不开炉火，尤其在风雪怒吼、松涛响彻时，独自围守火炉，或静坐读书，或执笔写信，或什么也不做，只听着松涛雪声默默地思考，火炉中的炭常衬着窗槛上的雪声展现它暖和的面貌，让我倍觉，能静静坐在火炉旁已是莫大的幸福了。

小时候住在山上，虽说四季如春，一到冬季也有亚热带的冷寒。那时候祖父母都很老了，在冬天里常提着一个褐陶的小火炉，里面厚厚一层洁白的炉灰，上有烧红的木炭，在厅中庭前散发出橙红色的光，火炉上还有一个手工刻制的雕花精致的提把。

由于有这样一个小小的火炉，祖父祖母整日形影不离地围着火炉取暖，使我小小年纪就憧憬爱情，相信只有爱情是人世里唯一老而弥坚的。也因为有这个小小的火炉，所有的小孩、猫狗，甚至飞蛾小虫都喜欢祖父母，整日围绕着他们跑。有时把他们缠腻了，祖父就会笑着把我们提起来打屁股，说："小孩子屁股三斗火，跟老人家烤什么火？走开，走开。"

老了的祖父喜欢说他的"一千零一个"故事，尽管他说的故事我们都听过许多次，但我们还是很爱听，甚至在他不说时吵着要他说，而且津津有味地听着。后来长大我才知道，我们不是想听那些故事，而是想听一种温馨、怀念、慈爱的语言。瘦小的祖母常在一旁静静地仰脸看藤椅上的祖父，她的脸上有爱和为子孙劳累的皱纹。

后来祖父去世了。他去世时房角还摆着那个火炉，但是里面没有炭火，只有苍白的炉灰。因怕祖母触景伤情，家从相思林中搬到公寓里来，原来沉默的祖母变得更沉默了，清晨到夜深时时坐在沙发椅的角落不停地织毛线，有时候终日不说一句话。

有一年冬天天冷，祖母的腰常常痛，妈妈想起古早古早那个褐陶的小火炉，于是大家开始忙着找那个火炉，把家里翻遍了，也没有找到，大概是搬家的时候弄失了。爸爸瞒着祖母偷偷在房里安了暖气，祖母也不说什么，我却知道她心里是不高兴的。

好几次我回到故居想找那炉火。老屋变得残破了，住着的许多闲杂的人打消了我的念头。我想，祖父是那火种，即使真能找回火炉，对于祖母或者会有更多的伤情吧？到那时我才第一次体会到什么叫"至死不渝"，小火炉的遗失，祖父的死，把我的童年、藤椅、火炉的许多记忆都拉远了，然而我想起火炉时，对情爱便有很深的体悟。

　　我喜欢火炉，喜欢中国的东西，常期盼未来的家中有个八仙桌，有个火炉。八仙桌要有古意，炉火要不熄，可以在炉旁读书写作，或把木炭轻轻地一块一块加在炉里。只希望有个小楼，不要公寓，这样即使在严寒的冬天，也能望见远方的青葱绿树，或者在园子里辟个小小的莲花池，看田田莲叶撑一池生动的绿。只要有火炉和爱，我们就不怕隆冬，不怕冰雪封冻了大地。

　　合欢山的天气是宜于烤火的，宜于让人沉醉在清瑟晚风里的温暖中。黄昏时，我给炉里填了火，"炉边更觉斜阳好，松下遍闻晚吹清"两句话从炉火中酝酿出来。有那样一炉火，我便不怕天恶，依然可以在屋里读书。

　　有一天天清，我只盖一条毛毯就依在炉边睡着了，夜里醒来，月光映着雪意从窗玻璃探进来，我遂在桌上写下了一幅画的两句诗：

　　　　　山南山北雪晴，
　　　　　千里万里月明。

雾社松雪楼

日落时分，我从松雪楼徒步走下滑雪会。

晚来天凉，雾自四面八方涌来，使原来银色的山变得更洁净。再从滑雪会走回松雪楼时，雾变得好浓，看不见前面的松雪楼。走在山坡路上，一回头，雾不知何时已散去，可清楚见到滑雪会。这儿的雾来得迅速，去得也快。

滑雪会到松雪楼的路并不长，正好面对奇莱山，景色十分好。天晴时可以觉出山之高、云之浮、雪之白润。云里连着海气，风里带着潮声，落木千山天远大，有时候残雪零星，更多的白藏在更高的山中更深的松林里，所以我喜爱独自静静地踱步，一任冷风扑面。

有一回从滑雪会走回松雪楼，忽然察觉路上有一层雾，一下子浓了过来，一下子又散了开去。那真是一种奇妙的经验，仿佛走进一个雾帐，雾自发边流过，自耳际流过，自指间流过，都感觉得到；又仿佛行舟在一条雾河上，两旁的松涛声鸣不住，轻舟一转，已过了万重山，回首再望，已看不见有雾来过，看不见雾曾在此驻留了。

有那一次经验，我便喜欢黄昏走那条有雾的路。有一两次斜阳犹未落尽，雾已经升起，远远一排青山，山岚与天云连成一气，无雾时雪地的寂静，有雾时空山的雅致，害我多次忘记雪寒，流连着不忍离去。

合欢山落雪的日子不多，但地上总是有云。每天清晨晨鸟轻啼，我便起身推窗，推出一片迷离，推开一个宇宙，然后开始一天的日课。晨雾总喜欢在松雪楼驻足，伴我等待朝阳初升，等到那轮火红自山头滚跃而起，它便走到云山千里之外，可是我知道它曾在楼畔守护终夜，把昏暗的夜色守成莹洁。

常常忆起，开始喜爱雾是在去年秋季，我在溪头夜游，坐在竹桥上等日出，竟先等到雾浓，在林间穿梭不去。一直到太阳照得好高，雾色还是凄迷。阳光洒在雾上，反射出迷人的七彩。我漫步林间，像是着了一件轻纱，兀自在古树下轻盈地舞跃，不禁想起"夜半来，天明去，来如春梦不多时，去似朝阳无觅处"这阕词。

来自空灵的复归空灵，来自平静的复归平静，只是雾色总是美在云深不知处呀！

有一位服务员告诉我，合欢山最美的季节是夏季，我十分惊讶。他说："冬天里人潮汹涌，破坏了许多景致。夏季的合欢山很空静，古木千层天籁响，奇峰万叠夕阳明，是一年最好的季节。"我报以微笑，心想他一定没有在雪霁初晴时看过松雪楼的雾色，一定没有在有雾时体会过千里长松的夕阳山色。

我拥有满楼、满山、满谷的雾色，不去想那连着天边的归路，不去想隔着那么多山那么多水的世事茫茫，只有那一刹那，我感觉，天上的云和地上的草木是相干的，可是或许，连那一点也不相干了。

究竟人生要行过多少次雾帐呢？

熊的脚迹

从燧人氏第一次取到火种，这个世界就不再是原来的世界了。

松雪楼的林伯伯说，几年前他刚上合欢山时，经常在山间在松林里，甚至在松雪楼门口看到熊，渐渐地，很难再看到熊了，只能偶尔在雪地上看到熊留下的一畦畦的脚印。

自那一次听到熊，我就梦寐以求地希望能在山前山后看见熊的影子，或者仅仅是几个粗朴的脚印。尤其是清晨、傍晚和人稀声少的深夜，我喜欢独自在松雪楼四周悠闲地漫步，希望能有意外的收获，可是回来的时候总是带着失望。偶尔有不畏冷的山鸟凌虚御空，留下一声清越的鸣唱，我也会很高兴，像是找到有关熊的一些什么。

有好几次我依在窗口读书时想，熊也许就在附近吧！它们或许正在窥视，它们不知道有一个善良的男孩在默默中和它们有了约会，衷心企盼着它们的来访。即使是它们黑棕色的身影曾在雪地上走过，即使是远远远远地看不真切，我也会满足的。

我喜欢熊和喜欢其他动物一样，可是熊逐渐消失，它活动的范围也愈来愈小了，终于有一天熊的故事和熊的形迹会成为美丽的传说，在合欢山里一代一代被流传下来。年轻的孩子只能像我，或坐在窗口，或坐在檐下，遥望雪天相接而轻轻地喟叹吧！或者后来的人比我更不幸，连山鸟点在蓝天上云外一声啼叫飞过的轻妙都看不见哩！

水流树生，花开结果和生老病死是相同的道理，然而人类常常为了自己的利益而伤害了其他。我常感叹，人是多么渺小的动物呀！许许多多轰轰烈烈的英雄和美人都过去了，许许多多轰轰烈烈的成功和失败都过去了，我们在做些什么？我们留下了什么？

秦始皇并吞六国，统一车书；曹孟德带八十万人马下江东，舳舻千里、旌旗蔽空——这些惊心动魄的成败对我们有什么意义？妲己美色亡商纣，西施倾吴复越国，杨贵妃缢死马嵬坡竟至花钿委地无人收——这些倾国倾城、落雁沉鱼的绝色风姿，除了留下一个凄凉的名字，对我们又有什么意义？

我在展读史书时，除了有几声感叹，不知还能说些什么，竟宁可合上书，轻闻扉页散放出来的馨香。一册书竟然神秘地记载了千万年人物的生死、存亡；同样，一条河、一座山、一块石头，甚至一棵树，在睁眼闭眼之间也许就看尽"风流总被雨打风吹去"了。或许熊的几个脚印留在人们脑中的美丽印象要胜过一个叱咤风云的一世雄主哩！

之所以爱合欢山，并不只是因为它有许多和熊相关的传说，而是因为它保存了所有大自然的颜色和形貌——蓝色的天，顽强的石头，坐在石缝里的比石头更顽强的松，山头上的鹰，奔跃在林间的松鼠……生命弥漫在整座山上，我喜欢去感觉那种活泼的声息。也许真有一天，我会在雪地上见到一头熊，从许久以前的历史和传说中走来。

日落合欢山

我爱雪，爱青松，也爱落日，可是血红的夕阳落过群山、落过青松、落进一片茫茫白雪的情景，以前只在梦里见过。合欢山是梦境的重现，所以我总是舍不得，舍不得在日头落山时离开松云楼前可以悄悄欣赏落日的位置。

合欢山即使是太阳高照，也仍然抵不住四处涌来的寒意，因此坐在草地上晒太阳，是一种很可贵的享受。

太阳的速度很快，平常不觉得，一到它依在山边又舍不得它沉进森森的黑里才能感觉到。夕阳的深橙色，地上的银白色，山里的靛青色，在合欢山交织成缤纷的色彩世界，粗看是各色独立，细细品味才知道这些颜色是浑然而一的，尤其是那白而晶亮的雪地里，在夕阳中竟现出一种淡淡的橘色，一种很清亮的古典。

我靠在藤椅上看太阳躺进它的眠床，遥望雪地，滑雪的人休息了，玩乐的人在找栖息的地方。夕阳在此刻仿佛是一种耳语，怕被第三个人听见，用它轻柔的语言诉说它的光华，诉说它的生命永远不会死亡，诉说"我就要休息了，明天请允许我轻叩你的窗子"，诉说它工作了一天，需要一夜的休息——它告诉了我宇宙时空循环的不朽道理。

放眼无际的云天万叠，我不禁感叹，在悠久而无穷尽、无起始的时间中，个人的生命不过是电光一闪、流星稍纵；在广大无垠、圆整无缺的空间中，个人的重要又如沧海一粟、戈壁细沙。个人有什么可以自豪的，当面对这样的浩浩宇宙朗朗乾坤！

我看夕阳，思及人世间的许多道理，总要想起明朝于谦的一首诗：

千锤万凿出深山，烈火焚烧若等闲。

粉骨碎身浑不怕，要留清白在人间。

曾有一阵子寒流来袭，山上终日飘着细柔的雪花，门口的雪一天厚过一天，终于厚成半透明的冰。许多年轻人冒着那样的冷寒在雪地里打雪仗、堆雪人，甚至滑雪。可是雪下久了，我心里总是倦倦，只能依在窗前安静地读书，那时候确是在祷祝，希望第二天能有太阳。

有时候晨光起时，艳阳高照，一到下午，天色漾上一层浓浓的灰，雪花飘下来，看夕阳的希望又被雪花浇熄了；又有时候竟会无端飘来许多黑云，没有阳光，也不下雪，只是郁沉沉的。每回遇到这样的气候我就会想：天意竟是在如此可解与不可解之间呀！

可是我相信，最美的太阳总是落在合欢山的怀里。

岁月与脸

最粗老的树皮在四月的春光中也能长出最翠绿的嫩芽；冬日的雪花飘聚在小屋上，映着星光，也能闪烁璀璨的色泽。一年的每一季总会给大地带来一些刻痕，这些刻痕处处显出不同的美。

季节之于人是岁月，把刻度写在人的脸上，是许多粗细不同的皱纹。我喜欢看人的皱纹，看岁月在生活中的累积，因为有的人一条皱纹也许就等于我的一生了。

松雪楼的厨师巫伯伯脸上就有很多岁月写上的痕迹。一位服务人员说："巫伯伯的每一条皱纹都是救了几个人累积成的。"

巫伯伯的年纪已经大了，他两鬓的白发像是合欢山的冰雪，远看近看都银亮，而他的脸上竟还长着两道年轻而上扬的眉。巫伯伯有一颗善良而热切的心，他把上山的年轻人都当成自己的孩子，一听到有人在山里迷失，他会不顾风雪地去救援。

有一夜，风雪很大，能见度还不到十公尺。厨师巫伯伯说他隔着风雪听到有人呼救的声音，于是不顾任何人的劝告，披上雨衣便一步一步隐没在风雪之中。许多人围着窗口茫然看着远方，以为他再也不会回来了。

过了很久，巫伯伯背回来一个奄奄一息的年轻人。大家忙着抢救，等抢救工作告一段落，大家又找不到巫伯伯了，有人说看到他苍白的脸色，有人说看见他身上厚厚的雪花，有人说看见他抖颤的双腿，于是大家又焦急地望着窗外，再度以为巫伯伯会在风雪中结束他的生命。

天快亮时，大家等到了巫伯伯，他背着一个年轻人昏倒在松雪楼门口的梯阶上。

那一次，巫伯伯生了一场大病，他所抢救的年轻人早已痊愈，他却还僵硬地躺在床上，终于他醒了，很急切地抓住看护他的人的衣襟："那两个人呢？他们活了吗？"随即又昏沉过去，闻听的人不禁都动容地流下泪来。

巫伯伯脸上的皱纹像是成根在地里的老树，里面刻了很多历史，很多令人感奋的故事。正如知道巫伯伯的人说的，那每一条皱纹都是几个人的生命刻画上去的。

我想，巫伯伯是伟大的，虽然他像很多中国老百姓一样，只受过很少的教育，却常为了救人，忘却风雪，忘却危难，甚至忘却自己。

看他的脸，可以读到很多纵横交错的春秋，可以读到很多让人含泪的事迹。看到他，我总是想起古书上的一句话：高山仰止，景行行止，虽不能至，而心向往之。

对巫伯伯，这该不是一句赞语了。

结　语

许许多多事情只是印象，一些不必深究的印象。

我在合欢山，便像雪片偶然落在山坡上。明年有明年的雪，明年的雾色，明年的永无休止的阳光，还有明年数不尽的生机。

即使暴风雪来袭，我仍相信天地有情——只要有爱，就有希望。

我的眼睛不是彩色的相机，但是我记得那是个有颜色的冬天，有许多诗歌被写在雪片上。

散步去吃猪眼睛

我们有很好的兴致在乡道上散步，会停下来看光辉闪照的月亮，会充满喜乐地辨认北极星的方位。我们觉得人生的一切真是美好，连聒噪的蛙鸣都好听。

不久前，我在家附近的路上散步，发现一条转来转去的小巷尽头新开了一家灯火微明的小摊。

那对摊主夫妇，就像我们在任何巷子的任何小摊上见到的主人一样，中年人，发福的身躯，满满的善意的微笑堆在胖盈盈的脸上，热情地招呼着往来过路的客人。

摊子上卖的食物也极平常，米粉汤、臭豆腐、担仔面、海带卤蛋猪头皮，甚至还有红露酒，以及米酒加保力达 B，总之是那种随时随意可以小吃细酌的地方。

我坐下来，叫了一些小菜，一杯酒，才发现这个小摊子上还卖猪眼睛、猪肺、猪肝连——这三样东西让我很震惊，因为它们关联着我童年的一段记忆。

我便就着四十烛光的小灯，喝着米酒，吃着那几种平凡而卑微的小菜，想起小菜内埋藏的辛酸滋味。

童年的时候，家住在偏远的乡下，离家不远处有一个小小的市场，市场口不知道什么时候就成了个去吃点心夜宵的摊子。

哥哥和我经常到市场口去玩，去看热闹，去看那些蹲踞在长板凳条上吃夜宵的乡人。我们总是咽着口水，站在远远的地方看着。对于经常吃番薯拌饭的乡下穷孩子，吃夜宵仿佛是一个相当遥远的梦想。有时候站得太近了，哥哥总会紧紧拉着我的手匆匆从市场口离开。

后来，哥哥想了一个办法。每在假日就携着我的手到家后面的小溪摸蛤——那条宁静轻浅的小溪生产着数量丰富的蛤仔、泥鳅和鱼虾。我们找来一个旧畚箕，溯着溪流而上，一段一段地清理溪中的蛤仔，常常忙到太阳西下，能摸到几斤重的蛤仔。我们把蛤仔批售给在市场里摆海鲜摊位的蚵仔伯，换来一些零散的角子。我们瞒着爸妈，把那些钱全存在锯空的竹筒里。

秋天的时候，我们就爬到山上去捡蝉壳。透明的蝉壳黏挂在野生的相思树上，有时候挂得真像初生不久的葡萄。有时候我们也抓蜈蚣、蛤蟆，全部集中起来卖给街市里的中药铺。据说蝉壳、蜈蚣、蛤蟆都可以用来做中药治皮肤病。

有时我们跑到更远的地方，去捡到处散置的破铜烂铁，以一斤五毛钱的价格卖给收旧货的摊子。

春天是我们收入最丰盛的时间。稻禾初长的时候，我们沿着田沟插竹枝。竹子上用钓钩钩住小青蛙，第二天清晨就去收那些被钩在竹枝上的田蛙，然后提到市场去叫卖。稻子长成收割了，我们则和一群孩童到稻田中拾穗，那些被农人遗落在田里的稻穗，是任何人都可以去捡拾的，还有专门收购这些稻穗的人。

甘蔗收成完了，我们就到蔗田捕田鼠，把田鼠卖给煮野味的小店，或者是灌香肠的贩子。后来我们有了一点钱，哥哥带我去买了一张捕雀子的网，就挂在稻田的旁边，捕捉进网的小麻雀，运气好的话还可以捉到野斑鸠，或失群的鸽子。

我们那些一点一滴的收入全变成角子，偷偷地放置在我们共有的竹筒里。竹筒的钱愈积愈多，我们时常摇动竹筒，听着银钱在里面喧哗的响声，高兴得夜里都难以入眠。

哥哥终于作了一个重大决定，说："我们到市场口去吃夜宵。"

我们商量了一阵，把日期定在布袋戏大侠一江山到市场口公演的那一天。日子到的时候，我们破开竹筒，铜板们像不能控制的潮水般"哗啦啦"散了一地，我们差一点没有高声欢呼起来。哥哥捧着一堆铜板告诉我："这些钱我们可以吃很多夜宵了。"

我们各揣了一口袋的铜板到市场口，决定好好大吃一顿。我们挤在人丛里看《大侠一江山》，心却早就飞到卖小吃的地方了。

戏演完了，我们学着乡下人的样子，把两只脚踩蹲在长条凳上，各叫一碗米粉汤，然后就不知道要吃什么才好了，又舍不得花钱，憋了很久，哥哥才颤颤地问："什么肉最便宜？"

胖胖的老板娘说："猪眼睛、猪肺、猪肝连都很便宜！"

"各来两块钱吧！"我和哥哥异口同声地说。

那天夜里我们吹着口哨回家——我们终于吃过夜宵了，虽然那要花掉我们一个月辛苦工作的成绩。猪眼睛、猪肺、猪肝连都是一般人不吃的东西，我们却觉得是说不出的美味，那种滋味恐怕也说不清楚，大概是因为我们吃着的是自己用血汗换来的吧！

后来，我们每当工作了一段时间，哥哥就会说："我们去吃猪眼睛吧！"

我们就携着手走出家门前幽长的巷子。我们有很好的兴致在乡道上散步，会停下来看光辉闪照的月亮，会充满喜乐地辨认北极星的方位。我们觉得人生的一切真是美好，连聒噪的蛙鸣都好听——没有特别的原因，只是因为我们要散步去吃猪眼睛。

有一次我们存了一点钱，就想到戏院里看正在上映的电影。看电影对我们也是一种奢侈，平常我们都是去捡戏尾仔，或者在戏院门口央求大人带我们进去，这一次我们终于可以用自己赚来的钱去看电影了。

到电影院门口，我们才知道看一场电影竟要一块半，而我们身上只有两块钱。

哥哥买了一张票，说："你进去看吧，我在外面等你，你出来后再告诉我演些什么。"

我说："哥，还是你进去看，你脑子好，出来再说故事给我听。"

两人争执半天，我拗不过哥哥，进去了。那场电影是日本电影《黄金孔雀城》，那是个热闹的电影，可是我怎么也看不下去，只是惦记着坐在戏院外面台阶上的哥哥，想到为什么我们不能一起坐着看电影呢？

电影没看完我就跑出来了，看到哥哥冷清的背影，他支着肘不知在想什么事情。戏院外不知何时下起细雨来的，雨丝飘飘，淋在哥哥理光的头颅上。

"戏演完了？"哥哥看到我的时候说。

我摇摇头。

"这个戏怎么这样短，别人为什么都没有出来？

我又摇摇头。

"演些什么？好不好看？"

我忍着泪，再摇摇头。

"你怎么搞的？戏到底演些什么？"哥哥着急地询问着。

"哥哥……"我忍不住号啕大哭起来，一句话也说不清楚。

我们就相拥着在戏院门口的微雨中哭泣起来，哭了半天，哥哥说："下次不要再花钱看电影了，还是去吃猪眼睛好。"

我们就在雨里散步走回家，路过市场口，都禁不住停下来看着那个卖猪眼睛的摊子。

经过这么多年，我完全记不得第一次自己花钱看的电影演些什么了。然而哥哥穿着小学的卡其色制服的样子，理得光光的头颅，淋着雨冷清清的背影，我却永不能忘，愈是冲刷愈有光泽。

自从发现住家附近有了卖猪眼睛的摊子，我就时常带着妻子去吃猪眼睛，并和她一起回忆我那虽然辛苦却色泽丰富的童年。我们时常无言地散步，沿着幽暗的巷子走到尽头去吃猪眼睛，仿佛一口口吃着自己的童年。

每当我工作辛苦，感到无法排遣的时候，就在散步去吃猪眼睛的路上，我会想起在溪流中，在山林上，在稻田里的那些最初的劳动，并且想起我敬爱的哥哥童年时代坐在戏院门口等我的背影。这些旧事使我充满了力量，使我觉得人生大致上还是美好的，即使是猪眼睛也有说不出的美味。

红目连

虽然我微笑地忆起一种鱼的两种滋味，我也知道了母亲当时买红目连不是因为它好吃，而是因为它便宜——它的便宜象征了一段贫穷但坚实的生活。

中午时分，无意间路过市场，有一个鱼贩正在卖红目连。他扯开喉咙叫卖着："红目连，三斤十元。"我几乎毫不思索地对他说："买三斤！"

"都买回去吧！只剩这几条。"

一、二、三、四、五、六、七、八、九，我迟疑着，他已经把九条鱼放在磅秤上了："六斤半，卖你二十元。"然后他便霸道地帮我把鱼剖了。他先把鱼鳃、鱼肚取出，再把鱼皮剥去，他那样专心致志地剥鱼皮，使我不忍心拒绝他的好意，一任他把鱼整理好了。

走出市场时，我有一点后悔，买九条鱼在这样炎热的夏天要怎么吃呢？回家一定要挨妻子一顿埋怨吧！红目连在市场里是一种贱鱼，一般主妇都不肯买，我怎么竟会一时在无目的的情况下买了一堆鱼呢？连我自己都觉得有一点疑惑。

对于红目连的感应，几乎已经成为一种直接反射了。

童年时代，我生长在一个大家庭，我们虽也拥有几亩水田和蕉园，但一家三十几口，生活是相当贫苦的。做主妇的母亲每次上菜市场，总是挑拣便宜的东西买，红目连因此成为母亲常常携回家的鱼类，我有几次跟随母亲上菜场，便好奇地问母亲："为什么不买虱目鱼或土托鱼，每次都要买红目连呢？"

母亲微笑着说："红目连比较好吃。"

那时的菜贩对于大批购买的红目连，是不愿意帮人剥皮的，因为红目连皮厚、鳞多，鱼翅又格外坚硬，非常费事。母亲买了红目连，常要耗费很多时间剥皮，有时会被鱼翅刺伤手指。

红目连的烹调，在我们家，方法非常简单，有时放到油锅里炸成金黄色沾盐巴吃，有时先抹遍了盐，在锅里煎到鱼肉坚硬。为了省油，我们通常吃的是煎的红目连。

许是听了母亲的话，不时吃红目连，竟使我品出这种贱鱼的甘香。它的鱼肉非常坚实，纤维很紧密，细嚼慢咽的时候特别觉得有一种肉香，是别的鱼身上吃不到的味道。然后我便坚信母亲的话，她买红目连的目的，确实是红目连比别的鱼好吃。有时我也伴母亲下厨，久而久之，我也有了把红目连煎成金黄色的好手艺了。由于它耐嚼，爸爸也常用来下酒。

我们家吃红目连有很长的历史，几乎到了"无鱼则罢，有鱼则是红目连"的地步。和红目连可以相提并论的是吴郭鱼，那是家里池塘养的。后来吃红目连，倒可能不是为了便宜，而是它真特别有一种滋味。

北上求学以后，红目连吃得少了，一直到服役后，军队里的大锅菜，红目连常是不可缺的。军队的烹调不讲究什么品味，连皮带鳞，裹上粉放在油锅里炸，炸到看不清真面目，厚厚一层粉，我们戏称为"炸弹鱼"。这倒也有好处，把粉削下来就连鱼鳞、鱼皮都脱掉了，露出雪白的鱼肉来，隐隐约约可以看清肉上的几条粉红色脉络。

"这是什么鱼呀？从来没吃过，当兵以后天天吃。"弟兄们抱怨着说。

"这是红目连。"我说。

港都夜雨寂寞暝

“一定是最便宜的鱼。”

“是最好吃的鱼。”我说，虽然我微笑地忆起一种鱼的两种滋味，我也知道了母亲当时买红目连不是因为它好吃，而是因为它便宜——它的便宜象征了一段贫穷但坚实的生活。

退伍后东飘西荡，几乎忘记了红目连的滋味，一直到那一天不自觉地买了九条红目连。

我提着红目连回家，妻子的第一个反应是：“你疯啦？买这么多鱼。”她打开来看发现是红目连，便停口不提了，因为妻子小时候也是常常吃红目连的，她称童年是“吃红目连的日子”，虽然她上菜场不会去买红目连，却可以充分体会我的心情。

那天晚上，有几位外国朋友来访，我便亲自下厨做了九条红目连，整整放满四个盘子。我们就用红目连下酒，喝的酒是黑牌“尊尼获加”，我想起了母亲及童年的岁月，不禁有些酸楚。

“是什么鱼呀？很好吃。”外国朋友问。

“是台湾最好吃的鱼，叫‘红目连’，吃了会让人红眼睛的。”

吃着，吃着，竟吃出一点乡愁来了。

花籽

或者有一天，我仍要带这花籽和这泥土到别地去流浪；或者有一天，这带自故乡根种的花籽，然后在异乡土地结成的花籽，会长在另外的土地上。

三年前我退役，背着袋子要北上的时候，爸爸取出一罐小瓶子，里面是他亲手培养出来的花籽。他小心翼翼地交给我说："你到台北后，如果有一个花园，就把它种了。"我便带着这个小瓶子和一袋故乡的泥土上台北。

我很想马上把它种了。

可是上台北后，一直过着租赁的日子。住在小小的公寓中，难得找到一撮土地，更不要说一个花园了。那罐父亲的花籽便无依地躺在我的袋中，随着我东飘西荡。每次搬家看见那些花籽，就想起每日清晨在花园中工作的父亲。什么时候才能找到一个花园呢？我总是想。

最近，我找到一个有花园的房子，又因为工作忙碌，就把花籽摆在鞋柜子里。有一天，我拉开鞋柜看到那一罐花籽和那一袋泥土，就把它们撒在家前的花园里。

那时候已经是严冬了，花籽又摆了三年，到底会不会活呢？我写信告诉爸爸，爸爸回信说："只要有土地，花籽就可以活。"他又附寄来一包肥料。

我每天照料着那一片撒了花籽的土地，浇水、施肥，在凛冽的寒风中，我总是担心着，也许它就会埋在土地里断丧了生机吧！

在冬天来临的第二个月，有一天我开窗的时候，突然发现一群花籽吐了新芽。那些芽在浓郁的花园里，嫩绿到叫我吃惊。是什么力量，让那一罐从南台湾带来的花籽，在北地的寒风中也能吐露亮丽的新芽呢？

花籽吐芽的那几日，我常兴奋得无法睡去，总惦念着那些脆弱的花芽。那是什么样的花呢？我问爸爸，他说："等它开了花，你就知道了。"

那个小小花圃中的芽长得出乎意料的快，我几乎可以体知它成长的速度。每天清晨，我都发现它长大了，然后我便像每天面对一个谜题，猜想着那是什么花，猜想着父亲送我这些花是什么用意。我急于知道那个谜题，就更加体贴那些花。

慢慢地，花长大了，我才知道那是一些茼蒿菜。茼蒿菜是一种贱菜，在乡下，它最容易生长，价钱最便宜，而父亲竟把它像礼物一样送给我，那样珍贵。也许父亲是要我不要忘记自己的土地吧！

我舍不得吃那一亩茼蒿，每天还是依时浇水看顾。茼蒿长大了，我从来没有看过那么好看的茼蒿。在市场上，茼蒿总是零乱的、萎缩的；在土地上，茼蒿却是那么美丽而充满生机。

差不多一个月的时间，茼蒿就在严冷的冬天里开了花。那花，是鲜新的黄色，在绿色的枝梗上显得格外温暖。我想，这么平凡的茼蒿花竟是从远地移种来的，几番波折，几番流转，但是它的生命深深地蕴藏着，一旦有了土地，它不但从瓶中醒转，还能在冷风中绽放美丽的花朵。

茼蒿花谢了，在花间又结出许多细小的黑色的花籽，看起来那么小，却又是那么坚韧。我把种子收藏在父亲当年赠我的瓶中，并挖了一畚泥土——是家乡的泥土和客居地的泥土混成的泥土。

　　或者有一天，我仍要带这花籽和这泥土到别地去流浪；或者有一天，这带自故乡根种的花籽，然后在异乡土地结成的花籽，会长在另外的土地上。

　　人也是一个平凡的蒿蒿的花籽，不管气候如何，不管哪里是落脚的地方，只要有生机沉埋心中，即使在陌生的土地上，也会吐芽、开花，并且结出新的花籽。

风中的铃声

牛便在牛贩的指挥下拖着板车在广场上奔跑，买牛的人可以坐到车上去试试牛的力气。牛只要跑了一圈，它的性情、脾气、力量大致就可以看出来了。

听朋友说，要知道北港牛墟的真貌，一定要天未亮的时候去，等天亮了，拍卖开始，就只能看见想象的牛墟了。

我住在北港一家窄小的旅馆里，清晨五点钟，朝阳还沉睡在山头，我迎着薄雾的凉气步行到牛墟去。北港的牛墟在一座高大的堤防后面，是一片寸草不生的黄土地。

早起的牛贩已经把他们要出售的大牛小牛赶到黄土地上来了，牛儿们"哞哞"地叫着，凉爽的晨风透着一种热闹的气息。

我走近牛墟，看到许多瘦巴巴的小牛，两颗巨大的眼睛显得格外突出。牛贩提着水桶，用剖成的短竹筒，将水一筒一筒地灌进小牛的肚子里。小牛仰着头，眼睛睁得通红。慢慢地，本来贴在肚子上的皮鼓胀起来，瘦弱的小牛变得胖大了许多。

另外一些卖牛的人则蹲在一旁聊天，等太阳从山的那一边升起来。

金光万道的阳光终于闪照出它的光彩了。

那个刚刚为小牛灌水的牛贩子把剩下的水泼在小牛身上，牛身上因此挂满了水珠，在阳光下反映出美丽的光泽。这真是一个神奇的魔术，才一转眼间，瘦小的牛就变得营养很丰富的样子，毛皮光泽，身躯肥胖。

与我一起来的朋友告诉我，有经验的人只要摸摸那小牛的肩胛和脊背，就可以知道小牛原来是瘦小的。可惜来购买牛只的乡下农人都很老实，往往因为无知而受骗，这些小牛买回去，一个下午就瘦下来了。他说："但是牛墟的规矩是，你牵牛走出去以后，就没有争议的余地了。"可叹的是，买牛的农夫总是没有卖牛的贩子精明。

渐渐地，有许多买牛的人来了，现场变得热闹，有一种旧市场的味道。买小牛是议价，价钱谈妥就用小货车载走了。

买大牛比较麻烦，因为买回去马上要拖车或耕种——一定要在现场试一试。

牛贩把牛轭套在牛头上，开始试车。牛便在牛贩的指挥下拖着板车在广场上奔跑，买牛的人可以坐到车上去试试牛的力气。牛只要跑了一圈，它的性情、脾气、力量大致就可以看出来了。买牛的农夫开始和牛贩议价，在讨价还价中成交。

在牛墟的旁边，还有卖牛轭、牛铃的小贩，农夫们常常在这里把牛的装备买齐了以后再离去。牛走在广场上，叮叮当当的牛铃便响个不停。

到中午时分，牛墟便已散了。

牛铃给我的启示是：如何使农夫和牛贩都"目有全牛"是很重要的事。

灯 下

我在那里站了很久，想到在许多黑暗的不为人知的角落里，有许多我们的乡人正努力地工作着，也许他们的头上只有一盏小小的灯，却点照了许多春秋。

　　正在整理烟叶的少女，突然回转头来，用神秘而微愤的眼神望着我。那样的对峙维持了将近卅秒钟，我才有机会看清正在灯下工作的少女的脸。

　　有一次我在南部乡下作乡野采访，走过烟楼门前，忍不住转身进去。烟楼内的黑暗让我吃惊，然后我看见内室尽头一扇门透出一点微微的灯光，便走了进去，于是看见那张少女的脸和她的凝视。

　　那一盏五烛光的灯泡，就在她的头上放出微弱的光。柔和的灯光照着她，她穿着一袭及膝的黑衣，头和脸全用素色的布巾包扎着。我看不见她的神情，只看见她明亮的眼睛，但是我可以想象她在布巾下的脸容，那样深刻而有力量。

少女的手戴着黑色的手套，熟练地将烘干的烟叶装到巨大的木箱中，烟叶竟在灯光下闪着奇妙的褐黄色。这幅灯下温暖的构图在无言中说出了一种冷冷的滋味。少女看我静立不动，便默然回过头去，继续她的工作，好像我这个人从来没有在她的黑房子出现过一样。

我在那里站了很久，想到在许多黑暗的不为人知的角落里，有许多我们的乡人正努力地工作着，也许他们的头上只有一盏小小的灯，却点照了许多春秋。

离开的时候，我走在小而狭的乡径中，旧时读过的德国画家贝克曼写的一首歌谣，猛然从记忆的最深处浮现出来：

你的南瓜再倾满酒浆，我要那最大的一个……庄严的，我将为你燃巨烛。此刻在夜里，在深深的黑夜里。

你看不见我们，你看不明我们，但你属于我们……我们因此而欢笑，时当天国呈红于黎明，于晌午，于至黑的夜里。

我们睡去，星儿在幽梦里绕成圈。我们醒来，朝阳群聚为舞，逶巡于银行家与傻子、妓女与公爵夫人之间。

一炷香

那一炷香冉冉地燃烧着，香头微细的火光和上升的烟使我深深地震颤。我在那香里看见一股雄浑的力量，看见一颗单纯的中国人的心灵绵长地燃烧着。

我常常在万华的小巷子里遇见一位老人，他是庙里的庙公。

老人每天最重要的工作是清晨和黄昏各烧一炷香，把香插在庙前的门柱上和香炉里。廿年来，他做的就是这么简单的工作，没有怨言。我问起，他只是说："烧香的工作，总是要有人做的。"

老人手中要插在香炉和门柱的那一炷香，必须先虔诚地对庙里的神明祭拜，然后他踮起脚跟来，将一半的香插在香炉里，走出门外，向天地祭拜，再踮起脚跟，把另一半的香插在门柱上的香筒里。

我特别注意了老人踮起脚跟时的优美姿势。老人的背有点驼了，可是他踮起脚跟时，全身却是笔直的，就像立在那里的廊柱一样。

这个动作让我格外感知老人虔敬的心灵，也许他一天中只有这两次能站得笔直吧。

我几乎天天看到老人在庙里烧香，有时候老人不在，也会看见那一炷香冉冉地燃烧着，香头微细的火光和上升的烟使我深深地震颤。我在那香里看见一股雄浑的力量，看见一颗单纯的中国人的心灵绵长地燃烧着。

有一次我带着照相机，以一种虔敬无比的心情拍下那一炷香。放下相机，一抬头，看到老人正对着我微笑。他说："一炷香有什么好拍的？"

我竟无言以对。

有什么好拍的呢？

想起三年前，我随着阿公阿婆的旅游团去环游台湾，其中有一位叫张木火的老阿公一直显得坐立难安，我问他为什么那么不安。

他说："我是大甲镇百姓庙的庙公，每天早晚要烧香两次，我出来玩这么多天，庙里的香炉都冷了，没有人烧香，神明的香火会断掉。"

不管我怎么安慰，他总是显得忧心忡忡。后来我告诉他，乡公所①既然推选他参加阿公阿婆的游览，一定会找人替他烧香，使庙里的香火不断的。他这才放下心来。其他的阿公阿婆告诉我，张木火是土生土长的大甲镇人，他一辈子都没有离开过大甲镇，直到环游台湾时才有机会出来走走。

张木火年轻的时候就当庙公了，他这一辈子最重要的事几乎就是维系庙中的一炷香，几十年没有间断，难怪他会那么挂心。

张木火的故事是个很简单的故事，但是这简单背后有一种庄严神圣的意义。

他维持的一炷香后来已经不是一炷香，而是他对他生命价值的肯定，虽然他说不出烧香的所以然，但是无形中已深刻地让我们感受到了。

在我这些年来走遍台湾乡下的足迹里，我看到许多乡下的老人，都具有一种简单却庄严的生命观。他们很平凡，平凡得不引人注意，可是我们却要踮起脚跟才能触摸到他们的心灵世界。

我曾在美浓乡下遇见过一位富有的老人。他的家里有全套的播种机、耕耘机、收割机，但是他永远留一亩水田，用手插秧、除草、

———————————
① 乡公所：乡政府。

耕耘和收割。他最爱的也就是这一亩亲手栽植的水田。

我问他为什么不用机器种稻，他说："机器种的稻子永远比不上手种的好吃。何况，一个农夫生了手脚做什么呢？就是要种地呀！"只是基于这样的理念，一任儿女怎么劝他，他总是要亲自下田。我觉得这不是迂腐或无知，而是他的心灵里有一片单纯干净的天地。

农夫的稻子也是他的一炷香。

我常觉得，一个人维持着简单的生活、简单的原则、简单的天地是多么不容易呀！现代的环境已经很难让我们回到那个干净单纯的世界了。

这也就是我接触愈多的人，就愈喜欢老人和小孩的原因。

如何在这个容易让人迷失的世界里还保有一炷香呢？

我自己也感到迷惑。

戏耍

孩子们全然不知，有人坐在山上看了一个下午，就像有时候我回顾自己的童年，那时也全然不知会长成今日的模样。时光一交错，我跌入更远的地方。

某日，我要去登山。

我沿着家前长满苇芒草的小路往山上走，无意间看到远远的山下，正有四个小孩子兴高采烈地玩着弹珠。他们的年纪不一，都穿着厚厚的冬衣，好像是兄弟。

他们用树枝画成一个小方形，每个人在里面放了两粒弹珠，谁先甩母弹珠把方块中的弹珠打出来，弹珠就归谁。我用相机的长镜头观看着他们的游戏，舍不得去爬山。

我听不见他们的言语，但看到他们在堆满砖块与木板的建筑工地上跳跃移动着，我竟看得呆了，如同跌进了梦境一般。

　　最后不知道为了什么，他们吵起架来，好像是弹珠都被最大的孩子赢光了，一直到大孩子将他袋中的弹珠一股脑儿掏出分给其他三个孩子，他们才平静下来。

　　他们又从头开始玩起。

　　很快，太阳下山了。

　　孩子们的母亲大声吆喝的声音传了过来。他们悻悻然地收拾弹珠，却欢喜地互搭着肩回家。孩子们全然不知，有人坐在山上看了一个下午，就像有时候我回顾自己的童年，那时也全然不知会长成今日的模样。

　　时光一交错，我跌入更远的地方——那一个我也曾玩过无数弹珠的家屋庭院，还有我的兄弟们。

卷二　温一壶月光下酒

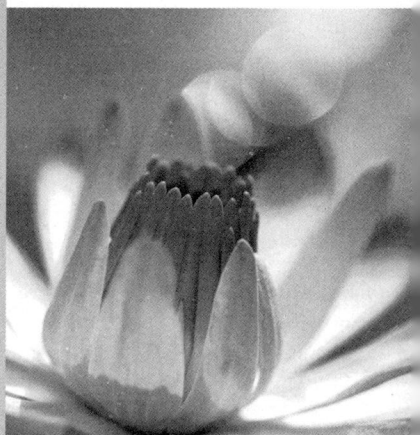

传说在北极的人

因为天寒地冻

一开口说话就结成冰雪

对方听不见

只好回家慢慢地烤来听

无关风月

当我们觅寻的时候，是茫茫大千，尽十方世界觅一人为伴不得；当我们不觅的时候，则又是草漫漫的，花香香的，阳光软软的，到处都有好风漫上来。

晨 钟

对压伤了的芦苇，不要折断；

对点残了的蜡烛，不要吹灭。

有一年冬天天气最冷的时候，我住在高雄县的佛光山上。我是去度假，不是去朝圣，每天过着与平常一样的生活，睡得很迟。

一天，我睡觉的时候忘了关窗，半夜突然下起雨、刮起风，风雨打进窗来，把我从沉睡中惊醒。在湿热的南部，冬夜里下雨是很稀少的事。我披衣坐起，将窗户关上，竟也不能入眠。点了灯，屋内清光一脉，桌上白纸一张，在风雨之中，暗夜中的灯光像花瓣里的清露，晶莹而温暖。我面对着那一张本来应该记录我生活的白纸，竟一个字都无法下笔。

我坐在榻榻米上，静听从远方吹来的风声，直到清晨微明的阳光照映入窗，室内的小灯逐渐黯淡下来。

这时候，寺庙的晨钟"当啷"一声破空而来。

当——当——

沉厚悠长的钟声遂一声接一声地震响了长空，我才深刻地感觉到这平时扰我清梦的钟声是如此纯明，好像人已站在极高的峰顶，那钟声却又用力拉拔，要把人超度到无限的青空之中。

那是空中之香，透彻玲珑，不可凑泊；那是相中之色，羚羊挂角，无迹可循。

我推窗而立，寻觅钟声的来处。不觅犹可，一觅又使我大大地吃了一惊，只见几不可数的和尚和尼姑，都穿着整齐的铁灰色袈裟，分成两排长列，鱼贯地朝钟声走去。天上还下着小雨，他们好像无视这尘世的风雨，一一走进了钟声的包围之中。

和尚、尼姑们都挺直腰杆，微俯着头。我站在高处，看不见任何一个表情，却看到他们剃得精光的头颅在风雨迷茫中闪闪发亮。一刹那，微微的晨光好像便普照了大地。那一长串钟声这时美得惊心，仿佛是自我的心底深处发出来。然后，和尚、尼姑诵晨经的声音从诵经堂沉厚地扬散出来，那声音不高不低、不卑不亢，使大地在苏醒中一下子祥和起来。

微风吹遍，我听不清经文，却也不免闭目享受那安宁的动人的诵经声。

那真是一次伟大的经验，听晨经、想晨经，在风雨如晦的江湖中的一间小小的客房里。

对于和尚与尼姑，我一向怀有崇仰的心情。这起源于我深切地知道，他们原都是人世间最有情的人。他们物外的心情，是由于在人世的涛浪中醒悟到情的苦难、情的酸楚、情的无知、情的怨憎，以及情所能带给人无边的恼恨与不可解，于是他们避居到远远离开人情的深山海湄，成为心体两忘的隐遁者。

可是，情到底是无涯无际的、广辽的。他们也不免有午夜梦回的时刻，有寂寞难耐的时刻，这时便需要转化，需要升华，需要提醒。暮鼓晨钟在午夜梦回之后的清晨，在彩霞满天、引人遐思的黄昏，提醒他们要从情的轮回中跃动出来，从无边的苦中惊觉到清净的心灵。诵经使他们对情的牵系转化到心灵的单一之中，从一遍又一遍单调平和的声音里不断告诫自己从人世里超脱出来。而他们的升华，乃是自人世里的小情小爱转化为世人的大同情和大博爱。到最后，他们只有给予，没有收受，掏肝掏肺地去爱一些从未谋面的、在人世里浮沉的人。如果真有天意，真有佛心，也许我们都会在他们的礼赞中得到一些平和的慰安吧！

然而，日复一日的转化、升华和提醒是如此漫长无尽。那是永远不可能得到解答的，是永远不可能有结局的，虽然只是钟声、经声，以及人间的同情，都不是很容易的事。

我想到，人要从无情变成有情固然不易，要由有情修得无情或者不动情的境界，原也是这般难呀！

苦难终会过去的，和尚与尼姑们诵完经，鱼贯地走回他们的屋子。

有一位知客僧来敲我的门，要我去用早膳。这时我发现，风雨停了，阳光正从山头一边孤独的角落露出脸来。

布袋莲

七年前我租住在木栅一间仓库改成的小木屋里，木屋虽矮虽破，却因风景无比优美而使我觉得饶有情趣。

每日清晨，我开窗向远处望去，首先看见的是种植在窗边的累累木瓜树，再往前是一棵高大的榕树，榕树下有一片田园，栽植了蔬菜和花草。菜园与花圃围绕起来的是一个大约有半亩地的小湖，湖中不论春夏秋冬，总有房东喂养的鸭、鹅在其中游水嬉戏。

我每日在好风景的窗口写作，疲倦了只要抬头望一望窗外，总觉得胸中顿时一片清朗。

我最喜欢的是长满了小湖一角的青翠的布袋莲。据说布袋莲是一种生殖力强的低贱的水生植物，有水的地方随便一丢，它就长出来了，而且长得繁茂强健。布袋莲的造型真是美，它的根部是一个圆形的球茎，绿的颜色中有许多层次。它的叶子也奇特，圆弧似的卷起，好像小孩仰头望着天空吹小喇叭。

有时候，我会捞几朵布袋莲放在我的书桌上。它没有土地，失去了水，往往还能绿很长一段时间，而且它的萎谢也不像一般植物。

它是由绿转黄，然后慢慢干去，格外惹人怜爱。

后来，我住处附近搬来一位邻居。他养了几只羊，他的羊不知道为什么喜欢吃榕树的叶子，每天他都要折下一大把榕树叶去喂羊。到最后，他干脆把羊绑在榕树下，爬到树上摘榕叶。才短短几个星期，榕树叶全部被摘光了，只剩下光秃秃的树枝，在野风中摇摆着褪色的秃枝。我憎恨那个放羊的中年汉子。

榕树吃完了，他说他的羊也爱吃布袋莲。

他特别做了一支长竹竿来捞取小湖中的布袋莲，一捞就是一大把。一大片的布袋莲没有多久就全被一群羊吃得一叶不剩。

我曾几次因制止他而生出争执，但是由于榕树和布袋莲都是野生的，它们长久以来就生长在那里，汉子一句话便把我问得哑口无言："是你种的吗？"

汉子的养羊技术并不好，他的羊不久就患病了。不久，他也搬离了那里，可是我却过了一个光秃秃的秋天，每开一次窗，就是一次心酸。

冬天到了，我常独自一个人在小湖边散步，看不见一朵布袋莲，我常抚摸那些被无情折断的榕树枝，连在湖中的鸭、鹅都没有往日玩得那么起劲了。我常在夜里寒风吹动的窗声中，远望在清冷月色下已经死去的布袋莲，心酸得想落泪。我想，布袋莲和榕树都在这个小湖里永远地消失了。

熬过冬天，我在春天开始忙碌起来。我很怕开窗，自己躲在小屋里整理未完成的文稿。

有一日，旧友来访，提议到湖边去散步。我讶异地发现榕树不知在什么时候萌发了细小的新芽。那新芽不是一叶两叶，而是千株万株，凡是曾经被折断的伤口边都冒出了四五朵小小的芽，使那棵几乎枯去的榕树好像披上了一件缀满绿色珍珠的外套。布袋莲更奇妙了，那原有的一角都已经铺满了，还向两边延伸出去。每一朵都只有一寸长，因为低矮，使它们看起来更加绵密。深绿还没有长成，是一片翠得透明的绿。

我对朋友说起那群羊的故事，我们竟为了布袋莲和榕树的重生，快乐得在湖边拥抱起来，为了庆祝生的胜利，当夜我们就着窗外的春光，痛饮得醉了。

那时节，我只知道为榕树和布袋莲的新生而高兴，因为那一段日子活得太幸福了，完全不知道它有什么意义。

经过几年的沧桑创痛，我觉得情感和岁月都是磨人的，便常把自己想成是一棵榕树，或是一片布袋莲。

情感和岁月正牧着一群恶羊，一口一口地啃噬着我们原来翠绿活泼的心灵。有的人在这些啃噬中枯死了，有的人折败了。枯死与折败原是必有的事，问题是，东风是不是来？是不是能自破裂的伤口边长出更多的新芽？

当然，伤口的旧痕是不可能完全复合的，被吃掉的布袋莲也是不可能重生的。但是不能复合不表示不能痊愈，不能重生不表示不能新生，任何情感与岁月的挫败，总有可以排解的办法吧！

我翻开七年前的日记，那一天酒醉后，我歪歪斜斜地写了两句话：

要为重活的高兴，

不要为死去的忧伤。

片片催零落

从小，我就是个沉默但好奇的孩子，有什么好玩的事总是瞒着父母奔跑去看。譬如听说哪里捕到一只五脚的乌龟，我是就算冒着被人踩扁的危险，也要钻到人丛中见识见识的；有时候听到什么地方卖膏药的人会"杀人种瓜"的法术，我马上就背起书包，课也不上了，跑去一探究竟。爸爸妈妈常常找不到我，因为他们找我去买酱油的时候，说不定我正躲在公园的树上看情侣们的亲密行为。

我的这种个性，使我仿佛比同年纪的同学来得早熟一些。我小时候朋友不多，有的只是一起捣鸟巢、抓泥鳅、放风筝的那一伙，还有一起去赶布袋戏、歌仔戏、捡戏尾仔的那一票，谈不上有几个知心的朋友。我总觉得自己思想比他们成熟一些，见识比他们广博一些。

小学四年级的时候，我们家附近一位大户人家要捡骨换坟，几天前我就在大人们的口中暗记下日期和地点了。时间到的那一天，我背起书包，装出若无其事的样子去上学，走到一半，我就把书包埋在香蕉园中，折往坟场的方向去看热闹。

在我们乡下，捡骨是一件不小的事，要先请风水师来看风水，选定黄道吉日，做一场浩浩荡荡的法事，然后挖坟、开棺、捡骨，最后才重新觅地安葬。

我到坟场的时候，已经聚集了许多严肃着面孔的大人，因为怕被发现，我就躲在山上的高处静静观看。

那时候棺材已经被挖出来了，正正地摆在坟坑旁边画线的位子里。我看着那一个红漆已经剥落得差不多的棺木。原来在窃窃私语的大人们一下子安静下来，等待道士做完法事的开棺典礼，终于，道士在地上喷出了最后一口水，开棺的时刻到了。

"咿呀——"一声，棺木的盖子被两个大汉用力掀开了。

"哗！"山下传来一声喊叫到一半突然刹住的惊呼声。

我张大眼一看，大吃一惊，原来那被掘出来的老婆婆的容颜竟还像活着一般，她灰白的头发梳理得整整齐齐，灰白的面容有一层缩皱的皮，身上穿的是暗蓝色的袍子，滚着细细的红边，颜色还鲜艳得如新缝的一般。所有的人停止了一切声息，我则是真的被吓呆了。那时清晨的瑞光大道，正满铺在坟地里，现出一个诡异精灵的世界。

正在我出神的当儿，听到有人呼喝我的名字，猛一回头，突然看到我四年级的级任老师站在背后的山下喊我。

他一定是在同学的告密下来"逮捕"我了。我几乎是反射地跳了起来，往前逃奔而去。我边跑还边回头看那一位棺中的老妇，眼前的景象更是骇异：老妇的头发和面皮都褪落了，只剩下一颗光秃秃的头颅；她的衣裳也碎成一片一片围绕在棺里的四周，仅剩摆得端端正正的一副白骨。我揉揉眼睛再看，还是那个景象，从我回头看到老师，再转头看老妇之间不到一分钟的时间，竟是天旋地转，人天互异。

回家后，我病了两个星期，不省人事，脑中一片空白，只是老妇瞬间的变化不断地浮出来。最后还是我的级任老师来探望我，跟我解释了半天氧化作用，我的心情才平静，病情也开始有了起色。可是，这件事却使我对"不朽"留下了一个深刻的疑点，长得越大，那疑点竟如泼墨一般，一天比一天涨大。

后来我读到了佛家所谓的"白骨观"的说法，人的皮囊真是脆弱无比，阳光一射，野风一吹，马上就化去了，只留下一堆白骨。有时翠竹尽是真如，有时黄花绝非般若，到终了，什么都不是了。寒山有诗说："万境俱泯迹，方见本来人。"恐怕，白骨才是本来的人吧。

人是这样脆弱，一片片地凋落着，从人而来的情爱、苦痛、怨憎、喜乐、嗔怒，是多么无告呢?

当我们觅寻的时候，是茫茫大千，尽十方世界觅一人为伴不得；当我们不觅的时候，则又是草漫漫的，花香香的，阳光软软的，到处都有好风漫上来。

这实在是个千古的谜题，风月不可解，古柏不可解，连三更初夜历历孤明的寒星也不可解。

我最喜爱的一段佛经的故事说不定可解——

梵志拿了两株花要供佛。

佛曰："放下。"

梵志放下两手中的花。

佛更曰："放下。"

梵志说："两手皆空，更放下什么?"

佛曰："你应当放下外六尘，内六根，中六识，一时舍却。到了没有可以舍的境界，也就是你免去生死之别的境界。"

温一壶月光下酒

我们活着的时候真正感觉到自己是存在的，岁月的脚步一走过，转眼便如云烟无形，但是，这些消逝于无形的往事，却可以拿来下酒，酒后便会浮现出来。

逃　情

幼年时在老家西厢房，姊姊为我讲东坡词，有一回讲到《定风波》中"一蓑烟雨任平生"这个句子，我吃了一惊，仿佛见到一个拄着竹杖、穿着芒鞋的老人在江湖道上踽踽独行，身前身后都是烟雨弥漫，一条长路连到远天去。

"他为什么这样？"我问。

"他什么都不要了。"姊姊说，"所以到后来有'回首向来萧瑟处，归去，也无风雨也无晴'之句。"

"这样未免太寂寞了，他应该带一壶酒、一份爱、一腔热血。"

"在烟中腾云过了，在雨里行走过了，什么都过了，还能如何？所谓'来往烟波非定居，生涯蓑笠外无余'，生命的事一旦经过了，再热烈也是平常。"

年纪稍长，我才知道"竹杖芒鞋轻胜马，谁怕？一蓑烟雨任平生"的境界并不容易达致，因为生命中真是有不少不可逃、不可抛的东西。名利倒还在其次，至少像一壶酒、一份爱、一腔热血都是不易逃的，尤其是情爱。

记得有一个日本小说家曾写过一个故事——传说有一个久米仙人，在尘世里颇为情苦。为了逃情，他入山苦修成道，一天腾云游经某地，看见一个浣纱女足胫甚白。久米仙人为之目眩神驰，凡念顿生，飘忽之间，已经自云头跌下。

可见逃情并不是苦修就可以达到的。

我觉得逃情必须是一时兴到，妙手偶得，如写诗一样，也和酒趣一样，狂吟浪醉之际，诗涌如浆，此时大可以用烈酒热冷梦，一时彻悟。倘若苦苦修炼，可能达到"好梦才成又断，春寒似有还无"的境界，但离逃情尚远，因此久米仙人一见到"乱头粗服，不掩国色"

的浣纱女就坠落云头了。

前年冬天，我遭到情感的大创巨痛，曾避居花莲逃情，繁星冷月之际与和尚们谈起尘世的情爱之苦，谈到凄凉处连和尚都泪不能禁。

如果有人问我："世间情是何物?"

我会答曰："不可逃之物。"

连冰冷的石头相碰都会撞出火来，每个石头中事实上都有火种，可见再冰冷的事物也有感性的质地，情何以逃呢?

情仿佛是一个大盆，再善游的鱼也不能游出盆中，人纵使能相忘于江湖，情却是比江湖更大的。

我想，逃情最有效的方法可能是更勇敢地去爱，因为情可以病，也可以治病。假如看遍了天下足胫，浣纱女再国色天香也无可如何了。情者堂堂巍巍，壁立千仞，从低处看仰不见顶，自高处观俯不见底，令人不寒而栗，但是如果在千仞上多走几遭，就没有那么可怖了。

理学家程明道曾与弟弟程伊川共同赴友人宴席，席间友人召妓共饮，伊川正襟危坐，目不斜视，明道则毫不在乎，照吃照饮。宴后，伊川责明道不恭谨，明道先生答曰："目中有妓，心中无妓!"这是何等洒脱的胸襟，正是"云月相同，溪山各异"，是凡人所不能致的境界。

说到逃情，不只是逃人世的情爱，有时候心中有挂也是情牵。有一回，暖香吹月时节与友在碧潭共醉，醉后扶上木兰舟，欲纵舟大饮。朋友说："也要楚天阔，也要大江流，也要望不见前后，才能对月再下酒。"他死拒不饮，这就是心中有挂，即使挂的是楚天大江，终不能无虑，不能万情皆忘。

以前读《词苑丛谈》，其中有一段故事——

后周末，汴京有一石氏开茶坊。有一个乞丐来索饮，石氏的幼女敬而与之，如是者达一个月，有一天被父亲发现打了她一顿，她非但不退缩，反而供奉益谨。乞丐对女孩说："你愿喝我的残茶吗？"女嫌之，乞丐把茶倒一部分在地上，满室生异香，女孩于是喝掉剩下的残茶，一喝便觉神清体健。乞丐对女孩说："我就是吕仙，你虽然没有缘分喝尽我的残茶，但我还是让你求一个愿望。"女只求长寿，吕仙留下几句话："子午当餐日月精，元关门户启还扃，长似此，过平生，且把阴阳仔细烹。"遂飘然而去。

这个故事让我体察到要万情皆忘，"且把阴阳仔细烹"实在是神仙的境界，石姓少女已是人间罕有，还是忘不了长寿，忘不了嫌恶，可见情不但不可逃，也不可求。

越往前活，越觉得苏东坡"一蓑烟雨任平生"、"也无风雨也无晴"词意之不可得。想东坡也有"春色三分，二分尘土，一分流水。细看不是杨花，点点是离人泪"的情思，有"但愿人长久，千里共婵娟"的情愿，有"念故人老大，风流未减，空回首，烟波里"的情怨，也有"若待得君来向此，花前对酒不忍触。共粉泪，两簌簌"的情冷，可见"一蓑烟雨任平生"只是他的向往。

情何以可逃呢？

煮　雪

传说在北极的人因为天寒地冻，一开口说话就结成冰雪，对方听不见，只好回家慢慢地烤来听……

这是个极度浪漫的传说，想是多情的南方人编出来的。

可是，我们假设说话结冰是真有其事，做起来也是颇有困难的，试想：回家烤雪煮雪的时候要用什么火呢？因为人的言谈是有情绪的，煮得太慢或太快都不足以表达说话时的情绪。

如果我生在北极，可能要为"煮"的问题烦恼半天。与性急的人交谈，回家要用大火；与性温的人交谈，回家要用文火；倘若与人吵架呢，回家一定要生个烈火，才能声闻当时"毕毕剥剥"的火爆声。

遇到谈情说爱的时候，回家就要仔细酿造当时的气氛。先用情诗情词裁冰，把它切成细细的碎片，加上一点酒来煮，那么，煮出来的话便能使人微醉。倘若情浓，则不可以用炉火，要用烛火，再加一杯咖啡，才不会醉得太厉害，还能维持一丝清醒。

遇到不喜欢的人、不喜欢的话就好办了，把结成的冰随意弃置就可以了。爱听的话则可以煮一半，留一半，他日细细品尝。

住在北极的人真是太幸福了。但是幸福也不常驻，有时候天气太冷，火生不起来，是让人着急的，只好拿着冰雪用手慢慢让它融化，边融边听。遇到性急的人恐怕要用雪往墙上摔，摔得力小时听不见，摔得力大时则声震屋瓦，造成噪声。

我向往北极说话的浪漫世界，那是个宁静祥和又能自己制造生活的世界。在我们这个到处都是噪音的世界里，有时候，我会希望大家说出来的话都结成冰雪，回家如何处理是自家的事，谁也管不着。尤其是人多要开些无聊的会议时，可以把那块噪杂的大雪球扔在家前的阴沟里，让它永远见不到天日。

斯时斯地，煮雪恐怕要变成一种学问。生命经验丰富的人可以依据雪的大小、成色，专门帮人煮雪为生，因为要煮得恰到好处，煮得和说话时恰好一样，确实不易。年轻的恋人则可以去借别人的"情雪"，借别人的雪来浇自己心中的块垒。

如果失恋，等不到冰雪尽融的时候，就放一把大火把雪屋都烧了，烧成另一个春天。

温一壶月光下酒

煮雪如果真有其事，别的东西也可以留下。我们可以用一个空瓶把今夜的桂花香装起来，等桂花谢了，秋天过去了，再打开瓶盖，细细品尝。

把初恋的温馨用一个精致的琉璃盒子盛装，等到青春过尽、垂垂老矣的时候，掀开盒盖，扑面一股热流，足以使我们老怀堪慰。

这其中还有许多意想不到的情趣，譬如将月光装在酒壶里，用文火一起温来喝……此中有真意，乃是酒仙的境界。

有一次与朋友住在狮头山，每天黄昏时候在刻着"即心是佛"的大石头下开怀痛饮，常喝到月色满布才回到和尚庙睡觉，过着神仙一样的生活。最后一天我们都喝得有点醉了，携着酒壶下山，走到山下时顿觉胸中都是山香云气，酒气不知道跑到何方了，才知道喝酒原有这样的境界。

有时候抽象的事物也可以被我们感知，有时候实体的事物也能转眼化为无形，岁月当是明证。我们活着的时候真正感觉到自己是存在的，岁月的脚步一走过，转眼便如云烟无形，但是，这些消逝于无形的往事，却可以拿来下酒，酒后便会浮现出来。

喝酒是有哲学的。准备许多下酒菜，喝得杯盘狼藉是下乘的喝法；几粒花生米，一盘豆腐干，和三五好友天南地北地聊着喝是中乘的喝法；一个人独斟自酌，"举杯邀明月，对影成三人"，是上乘的喝法。

关于上乘的喝法，春天的时候可以面对满园怒放的杜鹃细饮五加皮；夏天的时候，在满树狂花中痛饮啤酒；秋日薄暮，用菊花煮竹叶青，人共海棠俱醉；冬寒时节则面对篱笆间的忍冬花，用腊梅温一壶大曲。这种种，就到了无物不可下酒的境界。

当然，诗词也可以下酒。

俞文豹在《历代诗余引吹剑录》中谈到一个故事。苏东坡有一次在玉堂日，有一幕士善歌。东坡因问曰："我词何如柳七（即柳永）？"幕士对曰："柳郎中词，只合十七八女郎，执红牙板，歌'杨柳岸，晓风残月'。学士词，须关西大汉、铜琵琶、铁棹板，唱'大江东去'。"东坡为之绝倒。

这个故事也能引用到饮酒上来。喝淡酒时，宜读李清照；喝甜酒时，宜读柳永；喝烈酒时，则大歌东坡词。其他如辛弃疾，应饮高粱小口；读放翁，应大口喝大曲；读李后主，要用马祖老酒煮姜汁到出怨苦味时最好；至于陶渊明、李太白则浓淡皆宜，狂饮细品皆可。

喝纯酒自然有真味，但酒中别掺物事也自有情趣。范成大在《骖鸾录》里提到："番禺人作心字香，用素茉莉未开者，着净器，薄劈沉香，层层相间封，日一易，不待花蔫，花过香成。"我想，做茉莉心香的法门也是掺酒的法门，有时不必直掺，斯能有纯酒的真味，也有纯酒所无的余香。我有一位朋友善做葡萄酒，酿酒时以秋天桂花围塞，酒成之际，桂香袅袅，直似天品。

我们读唐宋诗词，乃知饮酒不是容易的事。遥想李白当年斗酒诗百篇，气势如奔雷，作诗则如长鲸吸百川，可以知道这年头饮酒的人实在没有气魄。现代人饮酒讳格调，不讲诗酒，袁枚在《随园诗话》里提过杨诚斋的话："从来天分低拙之人，好谈格调，而不解风趣，何也？格调是空架子，有腔口易描，风趣专写性灵，非天才不辨。"在秦楼酒馆饮酒作乐，这是格调，能把去年的月光温到今年才下酒，这是风趣，也是性灵，其中是有几分天赋的。

《维摩经》里有一段"天女散花"的记载。

菩萨为弟子讲经的时候，天女出现了，在菩萨与弟子之间遍撒鲜花。散布在菩萨身上的花全落在地上，散布在弟子身上的花却像黏黐那样粘在他们身上。弟子们不好意思，用神力想使花瓣掉落，但花瓣不掉落。仙女说："观诸菩萨花不着者，已断一切分别想故。譬如，人畏时，非人得其便。如是弟子畏生死故，色、声、香、味，触得其便也。已离畏者，一切五欲皆无能为也。结习未尽，花着身耳；结习尽者，花不着也。"

这也是非关格调，而是性灵。佛家虽然讲究酒、色、财、气四大皆空，我却觉得，喝酒到极处，几可达佛家境界。试问，若能把浮名换作浅酌低唱，即使天女来散花也不能着身，荣辱皆忘，使前尘往事化成一缕轻烟，尽成因果，不正是佛家所谓苦修、深修的境界吗？

一杯蜜是炼过几只蜂的

生命的过程原是平淡无奇的，情感的追寻则是波涛万险的，如何在平淡无奇、波涛万险中酿出一滴滴的花蜜，这花蜜还能让人分享，还能流传，才算不枉此生。

住处附近有一家卖野蜂蜜的小店，夏日里，我常常到那里饮蜜茶。我常觉得，在炎炎夏日喝一杯冰镇蜜茶，甘凉沁脾，是人生一乐。

今年我路过小店，冬蜜已经上市，喝了一杯蜜茶，付钱的时候才知道价格涨了一倍有余。

我说："怎么这样贵？比去年涨了一倍。"

照顾店面的是个眉目清秀的小女孩，讲得一口流利的好国语，马上应答道："不贵，不贵，一杯蜜是炼过几只蜂的。"

这句话令我大惑不解，惊问其故。

小女生说："蜜蜂酿一滴蜜，要飞很远的地方，要探过很多花，有时候摘蜜，要飞遍一整座山头哩！还有，飞得那么远，说不定会迷路，说不定给小孩子捉了，说不定飞得疲倦累死了。"

听了这一番话，我欣然付钱，离开小店。

走回家的路上，我一直想着那位可爱的小女孩说的话，一任想象力奔飞。

也许真是这样的，一杯在我们手中看起来不怎么样的蜜茶，是许多蜜蜂历经千辛万苦才采集得来的，我们一口饮尽一杯蜜茶，正如饮下了几只蜜蜂的精魂。蜜蜂是一种奇怪的动物，飞来飞去，历遍整座山头、整个草原，搜集花的精华，一丝一丝酝酿，很可能一只蜜蜂的一生只能酿成一杯我们一口喝完的蜜茶吧。

几年前，我住在高雄县大岗山的佛寺里读书。山下就有许多养蜂的人家，我不时寻访，对蜜蜂这种微小精致的动物有了一点认识。养蜂的人经常上山采集蜂巢，他们在蜂巢中找到体型较大的蜂王，把它装在竹筒中。一霎时，一巢"嗡嗡嗡"的蜜蜂都变得温驯听话了，跟在手执蜂王的养蜂人后面飞，一直飞到蜂箱里安居。

蜜蜂的这种行为是让人吃惊的。对于蜂王，它们是如此专情，在一旁护卫。假若蜂王死了，它们就会一哄而散，连养蜂人都不得不佩服蜜蜂。但是养蜂人却利用了蜜蜂专情的弱点，驱使它们一生奔走去采花蜜——专情的人恐怕也有这样的弱点，任人驱使而不自知。

不过蜜蜂也不是绝对温驯的，外敌来犯，它们会群起而攻，毫不留情。问题是，每一只蜜蜂的腹里只有一根螫刺，那是它们生命的根本，一旦动用那根螫刺攻击了敌人，它们的生命很快也就完结了。用不用螫刺在蜜蜂是没有选择的，它明知会死，也要攻击——有时，人也要面临这样的局面，选择生命而畏缩的人往往失败，宁螫而死的往往成功，因为人是有许多螫刺的。

养蜂的人告诉我，蜜蜂有时也有侵略性的。当所有的花蜜都采光的时候，急需蜂蜜来哺育的蜜蜂就会倾巢而出，到别的蜂巢去抢蜜，这时就会发生一场激烈的战斗，直到尸横遍野才分出胜负。

人何尝不是如此？

仓廪实才知荣辱，衣食足才知礼仪。

为了应付无蜜的状况，养蜂人只好欺骗蜜蜂，用糖水来养蜜蜂，让他们吃了糖水来酿蜜，用来供应爱吃蜜的人们。再精明的蜜蜂都会上当，就像再聪明的人也会上当一样。

蜜蜂是社会性的群居动物，在某些德性上和人是很接近的，但是不管如何，蜜蜂是可爱的，它们为了寻找花中甘液，万苦不辞，确实有一些艺术的境界。在汲汲营营的世界里，究竟有多少人能为了追求甘美的人生理想而永不放弃呢？

旧时读过一则传说，其中有些精神与蜜蜂相似，那是记载在《辍耕录》里的传说：

回回有年七八十老人，自愿舍身济众，绝不饮食。惟澡身啖蜜经月，便溺皆蜜。既死，国人殓以石棺，乃满用蜜浸之，镌年月于棺痊之。俟百年后启封，则成蜜剂。遇人折伤肢体，服少许，立愈，虽彼中也不多得，俗曰蜜人。

这个蜜人的传说不一定可信，但是一个人的牺牲在百年之后还能济助众人，可贵的不在他的尸体化成一帖蜜剂，而在他的精神借着蜜流传了下来。

　　蜜蜂虽不澡身，但是它每天啖蜜，让人们在夏季还能享受甘凉香醇的蜜茶。在啖蜜的过程中，有许多蜜蜂要死去，未死的蜜蜂也要经过许多生命的熬炼，熬呀熬，才炼出一杯蜜茶。光是这样想，就够浪漫了，够令人心动了。

　　在实际人生中也是如此。

　　生命的过程原是平淡无奇的，情感的追寻则是波涛万险的，如何在平淡无奇、波涛万险中酿出一滴滴的花蜜，这花蜜还能让人分享，还能流传，才算不枉此生。虽然炼蜜的过程一定是痛苦的，一定要飞过高山平野，一定要在好大的花中摘好少的蜜，或许会疲累，或许会死亡。

　　可是痛苦算什么呢？每一杯蜜都是炼过几只蜂的。

不睡之莲

我们常深夜在荷花池畔纵酒狂歌，大谈为国为民的满腔热血，没想到后来星云四散，荷花池畔只剩下一波浓过一波的乡愁。

到外双溪山上看朋友，不知道为什么有一位朋友就谈到了潘金莲，他说："潘金莲是个新女性，她主动追求爱情的热烈，勇于追求生命的热诚，恐怕今天的新女性主义者都望尘莫及。"

他这段话顿时使大家瞠目结舌。我们开始争论起潘金莲，而且争得面红耳赤，有几位心直口快的朋友不免吵起来，纷纷质询那位乱发议论的朋友。

那位可爱的朋友制止了大家的争议，他说："我知道一定有人不同意我的说法，现在我就分析给你们听听。潘金莲本来是大户人家的婢女，主人一直想沾惹她而未能得手。可见，潘金莲还是有自己的原则的，并不全是荡妇淫娃。主人就把她下嫁给卖烧饼油条的残缺不全的武大郎。大家想想，这么有姿色的女性怎么甘心就这样埋没一生？因为内心的不满与压抑，乃使她充满了生命原始的激情。"

"可是，她后来挑逗武松，与西门庆通奸，这些都是人不能容忍的欲情，从当时的眼光看都是不合社会规范的。"另一个朋友马上提出异议。

"不，不能这么说，我们看潘金莲不能从当时的眼光或当时的社会规范来看，而应从人性的观点来看。她嫁给五不全的武大，后来遇到武松那样的打虎英雄怎么能不动心呢？尤其是在风雪之夜，相对而饮，现在的女子遇到这种情形能不动心吗？"他转头询问在座的几位女士，女士们沉思默默。

"武松不接受嫂子的感情也就罢了，非但不能疏导，还加以斥责，使她的压抑更深，后来见到翩翩风流的西门庆就更不能把持了，男欢女爱一番也是人性之常。"

"可是她后来害死武大呢？"又有人抗议。

"她哪来的胆识，怎敢害死武大？还不是因为西门庆与王婆的唆使？何况在那时的社会中，离婚又不可以，她除了这样做还有什么别的出路呢？我承认，潘金莲有许多错误、挣扎与矛盾，可是我们要注意的是在错误、挣扎、矛盾的背后，她是什么样的一个人，她处在什么样的社会。因此，我认为对潘金莲的千古定评有重新反省的必要。"

我们那天晚上的话题就绕着潘金莲转，谈到后来大家都不免感叹。对历史人物的翻案讨论是很难，但是大家多少得到一些启发。也许同样一个问题由不同的角度来看，可以让我们更明白地看清楚这个世界吧！

我不说潘金莲的蒙冤是不白的，然而我同情她。处在那个时代，真正有良知血性的女性是很难伸展的，而她为了情欲挑逗武松，追随西门庆，乃是经过人性最深沉的压抑所抒发出来的，它至少比许多为了金钱而卖身的现代女性更值得我们同情，更值得我们深思。在女性解除封建枷锁后的今天，我们的社会反而到处都是潘金莲，有时还比潘金莲不如，思之令人心痛！

那天我们从外双溪山上下来已是凌晨了，一位朋友提议到南海路植物园去看莲花①。

————————

① 莲花：本文中特指睡莲。

她说："现在正是莲花开的季节。"

我说："你有没有搞错，植物园种的是荷花，哪来的莲花？"

她说："从历史博物馆楼上往下看那一大片是荷花，另外隐在角落一边的是睡莲，到晚上便合了起来，极是娇羞好看。"

然后朋友便谈起她在国外四年的游学生活，不管是在纽约、洛杉矶、俄勒冈，甚至在加拿大多伦多，植物园的莲花都是她在睡梦里也会浮起的乡愁。

其实，早在她出国之前，我们常深夜在荷花池畔纵酒狂歌，大谈为国为民的满腔热血，没想到后来星云四散，荷花池畔只剩下一波浓过一波的乡愁。

我们散步在被九重葛和紫丁香盖满的小道上，荷花池在上弦月的映照下，反射出墨绿色的光。就在一片墨绿中，淡红色的荷花一株株探出水面，探出擎向天空的姿势。走到荷花池的尽头向左拐，便是一小池叶片贴在水面上的莲花，红色的莲径自开得茂盛，秀气的莲花与奔放的荷花相映成趣，远方飘来不知名的花的香气。

我忍不住笑着问朋友："你不是说这里的莲花到晚上都要睡觉吗？为什么还开得这么繁盛？"

"咦？奇怪，这些莲花很三八，以前晚上都要睡的，不知道现在为什么不睡！"

说着，她弯腰探身，仔细地看那些莲花，忽然有所悟地回头对我们说："这不是普通的莲花，这是潘金莲，对着好山好水，晚上舍不得睡觉。"

我们都纵声笑起来。我蓦然想起了潘金莲与武松初次相见时的一段对话——

潘金莲：叔叔，青春多少？

武松：武二二十五岁。

潘金莲：长奴三岁。叔叔，今番从那里来？

武松：在沧州住了一年有余，只想哥哥在清河县住，不想却搬在这里。

潘金莲：一言难尽！自从嫁得你哥哥，吃他忒善了，被人欺负。清河县里住不得，搬来这里。若得叔叔这般雄壮，谁敢道个"不"字！

武松：家兄从来本分，不似武二撒泼。

潘金莲：怎地这般颠倒说！常言道："人无刚骨，安身不牢。"
奴家平生快性，看不得这般"三答不回头，四答和身转"的人。

武松：家兄却不到处惹事，要嫂嫂忧心。

我觉得这是相当好的一段对话，武松与潘金莲也是中国文学里
让人难忘的人物。我们重新考虑潘金莲说的"人无刚骨，安身不牢"，
可以想象，如果她嫁给一个有刚骨的汉子，如武松，可能潘金莲的
形象要重写，她也不会如此引起我们的关心了。

午夜看植物园里不睡的莲花想潘金莲，想如果她生在今世，也
许是个名女人，也许是个新女性。这些，都是千古的大疑问，像植
物园的不睡之莲一样使我们迷惑。

一种温存犹昔

生命的分分合合百结千缠，仿佛不容易理清，但是一到分离时刻，却简单得叫人吃惊，留下的只是一庭凄冷，以及凄冷中旧日的温存。

最近重看了两次电影《齐瓦哥医生》，这部电影最让我感动的不是俄国大革命，也不是齐瓦哥本身的人与事，而是在战地里，齐瓦哥站在野战医院的阳台上，看着拉娜坐车渐行渐远的情景。马车"嗒嗒嗒嗒"走向生命里不可知的道路，那样的情境常让我想起几句诗："惊起却回头，有恨无人省，拣尽寒枝不肯栖。"虽是惊鸿一瞥，却是一种温存犹昔。

有时候，马车是一种很好的象征，或是我们坐马车走了，那人站在阳台痴痴地望着，或是那人随车在夕阳中的晚风里消逝，而我们独自站在远处忍受临晚的寒冷。生命的分分合合百结千缠，仿佛不容易理清，但是一到分离时刻，却简单得叫人吃惊，留下的只是一庭凄冷，以及凄冷中旧日的温存。

温存有时不免嫌少，但它是会发酵的，久久酝酿就溢满了我们的胸腔，终致于缠绵悱恻、不能自已，这也就是为什么最感动我的总是马车远去的一刻，而不是马车驰来的时候。

也许真如你说的：在这条寂寞的道路上，我们总在寻找历尽沧桑后的一点温存。

你提起到新墨西哥州小镇去玩的经验，你说："这是一个鸟不生蛋的小镇，它的贫穷与落后，看起来不像是美国，但是却也亲切有趣。每天下午，我们跑到附近的一个公园里，那里有广大的绿色草坪和起伏的山丘。我们以书枕头，互诉所受、所感、所梦、所得。看着蓝色的天空和高直的树木，觉得这种相聚相通的日子真是不多呀！"我很是羡慕，也想起学生时代那一段黄金般的、以书当枕的日子。它浪漫到我每次想起来都几乎要醉了，现在虽然也保持着我们那个时候常说的"每一根神经末梢都充满了感情"的浪漫精神，到底在心灵的围城里日渐荒疏了。连刻骨铭心的爱，如今说起来也是云淡风轻，好像轻轻一吹就飞到天边去了。

生命的事总是有失有得。

我们年轻的时候，每天都在草坪上谈爱情，谈理想，谈抱负，谈许多不可能实现的空幻的梦想，或者骂炎凉世事，骂情义淡薄，骂离合悲欢。我们觉得以爱为灯就必能找到光明的美丽的新世界，必能照亮我们生命的前程。

一旦前程成为往事，我们被钟爱的人背负，我们尝到了人世冷暖，我们的理想与抱负都渺远如天边的星火，这时我们成长了。可是成长的代价呢？我们似乎走进了我们以前骂的范围内，变成冷漠无情的一类。我们虽然始终相信自己是深情的，可是个人的深情有什么用处呢？不过是在我们午夜回思之际，酸苦一如初春未熟的葡萄，生活也就变成吃剩的一串葡萄藤，忧郁的蓝色支脉往四面八方零乱地亢张着。那饱满富弹性的美丽果实被社会一口一口地吞噬了——我常把吃剩的葡萄藤一串串挂起来，用以警惕自己，不可无情，不可失去追寻正义的勇气，也万不可让那盏年轻时点着的灯熄灭了。

唉！

千万种风情，更与何人说？

　　知道你又在假期跑到纽约去小住了。谈到纽约，你说："有过气的艺术家，有堕落的文人，有仍在苦撑的理想追寻者，有奇招不断的'怪杰'们。我们夜夜访些有趣的地方，往日嬉皮时代有名的格林尼治村也依旧浪漫如昔。此外，花街柳巷、百老汇、第五街、旧日意大利黑手党的集中地……"然后你不免也痛骂起纽约的无情与堕落，说："到底能不能既使都市发展，也能使人们有情有义呢？到底有没有绝对的真理呢？"

　　我真是为你高兴。

　　我一直深信，对于"无情"与"堕落"，我们还能生气，还能痛骂，那表示我们还有希望，还有热血，还没有变成一个俗人。如果我们看见一件不满的事时，不能鼓起腮、挥起腰来求全责备，那么我们恐怕也就没有什么作为了。

　　最近，朋友中流行着一种说法。在很优美的情境下，他们常说："就这样死去，也没有遗憾了。"这种纯粹的浪漫主义的想法泛滥的结果是，坐在淡水海边看夕阳和归帆时，也感叹道："在这样美的情境下死去也无憾了。"吃到一桌好菜时也说："吃这么好的菜，现在撑死也就无憾了。"仿佛我们所追求的东西竟是这么单纯，生命的大原则都在其次了。

我不反对浪漫，但是我觉得如何在高度的浪漫里还不忘失理想的追求，才是较好的生命态度。因为我们只有一条命，要卖给识货的人；我们只有一条道路，要能有情感的冲动，也应该兼修理性的沉思。

这就像是，我们读着一本很厚的书，翻着翻着，书里落下几片年轻时夹入的枫叶，平整而枯干，但是年轻时鲜红色的有生命的历程全涌发出来了。我们不能随意死去，因为书还很厚，说不定下一次掉出来的是依然雪白如初的一朵茉莉花呢！

生平一瓣香

在我们不可把捉的尘世的运命中，我们不要管无情的背弃，我们不要管苦痛的创痕，只要维持一瓣香，在长夜的孤灯下，可以从陋室里的胸中散发出来，也就够了。

你提到我们少年时代常坐在淡水河口看夕阳斜落，然后月亮自水面冉冉上升的景况。你说："我们常边饮酒边赋歌，边看月亮从水面浮起，把月光与月影投射在河上，水的波浪常把月色拉长又挤扁。当时只是觉得有趣，甚至痴迷得醉了。没想到去国多年，有一次在密西西比河水中观月，与我们的年少时光相叠。故国山川如水中之月、镜中之花，挤扁又拉长，最后连年轻的岁月也成为镜花水月了。"

这许多感怀，使你在密西西比河畔动容落泪，我读了以后也是心有戚戚。才是一转眼间，我们竟已度过几次爱情的水月镜花，也度过不少挤扁又拉长的人世浮嚣了。

还记否？

当年我们在木栅的小木屋里临墙赋诗，我的木屋四壁萧然，写满了朋友们题的字句，而门上匾额写的是一首《困龙吟》。

有一天夜深，我在小灯下读钱钟书的《谈艺录》，窗外月光正照在小湖上，远听蛙鸣，我把书里的两段话用毛笔写在墙上：

水月镜花，固可见而不可提，然必有此水而后月可印潭，有此镜而后花可映面。

水与镜也，兴象风神；月与花也，必水澄镜朗，然后花月宛然。

那时我相当穷困，住在两坪大的只有一个书桌的小屋中。我所有的财产是满屋的书以及爱情，可是我是富足的。我推开窗子，一棵大榕树面窗而立，树下是植满了荷花的小湖，附近人家都是那么亲善。有时候，我为了送女友一串风铃到处告贷，以书果腹，你带酒和琴来，看到我的窘状，在我的门口写下两句话：月缺不改光，剑折不改刚。

在醉酒之后，我也高歌："我醉欲眠君且去，明朝有意抱琴来。"那时的我们，似乎穷到只要有一杯酒、一卷书，就满足地觉得江山有待了。后来我还在穷得付不出房租的时候，跳窗离开了那个木屋。

前些日子我路过那里，顺道转去看那一间我连一个月三百元的房租都缴不起的木屋。木屋变成了一幢高楼，大榕树魂魄不在，小湖也被盖了公寓。

我站在那里怅望良久，竟然忘了自己身在何方，真像京戏《游园惊梦》里的人。

我于是想到，世事一场大梦，书香、酒魄、年轻的爱与梦想都离得远了，真的是"镜花水月一场"，空留去思，可是重要的是一种响应。如果那镜清明，花即使谢了，也曾清楚地映照过；如果那水澄朗，月即使沉落了，也曾明白地留下波光。水与镜似乎都是永恒的事物，明显如胸中的块垒，那么，花与月虽有开谢升沉，都是一种可贵的步迹。

我们都知道"击石取火"是祖先的故事。本来是两个没有生命的石头，一碰撞却生出火来，因为石中本来就有火种——再冷酷的事物也有它感性的一面。不断的敲击就有不断的火光，得火实在不难，难的是，得了火后怎么使那微小的火种得以不灭。镜与花，水与月，本来也不相干，然而它们一相遇就生出短暂的美。

我们怎么样才能使那美得以永存呢？

只好靠我们的心了。

就在我正写信给你的时候，突然浮起两句古诗："笼中剪羽，仰看百鸟之翔；侧畔沉舟，坐阅千帆之过。"

爱与生的美和苦恼不就是这样吗？

岁月的百鸟一只一只地从窗前飞过，生命的千帆一艘一艘地从眼中航去——许多飞航得远了，还有许多正从那些不可测知的角落里飞航过来。

记得你初到康涅狄克不久，曾经因为想喝一碗屬柠檬水的爱玉冰不可得而泪下，曾经因为在朋友处听到《雨夜花》的歌声而胸中翻滚。说穿了，那也是一种回应，一种掺和了乡愁和少年情怀的回应。

我知道，我再也不可能回到小木屋去住了，我更知道，我们都再也回不到小木屋那种充满精纯的真情的岁月了。

这时节，我们要把握的便不再是花与月，而是水与镜，只要保有清澄朗净的水镜之心，我们还会再有新开的花和初升的月亮。

有一首词我是背得烂熟了，是陈与义的《临江仙》：

忆昔午桥桥上饮，座中尽是豪英。长沟流月去无声，杏花疏影里，吹笛到天明。

二十余年成一梦，此身虽在堪惊。闲登小合眺新晴。古今多少事，渔唱起三更。

我一直觉得，在我们不可把捉的尘世的运命中，我们不要管无情的背弃，我们不要管苦痛的创痕，只要维持一瓣香，在长夜的孤灯下，可以从陋室里的胸中散发出来，也就够了。

连石头都可以撞出火来，其他的还有什么可畏惧呢?

云无心而出岫

多情与无情、醉与醒都
只是一念之间，酒还是要喝，
情还是要多，否则，我们当
年的博大的胸怀岂不是要大
打折扣了？

你来信提到令弟秦深三度自杀未遂的事，你说："秦深近日不吃不睡，也不上学了，终日望着爱荷华蓝得无云的天色出神，人瘦得像白纸一样。父母不在，我这做哥哥的实在心疼不已。他的愁病不知何时才好，为什么金石之盟一越了阳关，连烂泥都不如了？"

我不禁想起半年前秦深出国的情景。那时，他的女友无限深情地依偎着他，上飞机的前一刻，两人竟在飞机场相拥痛哭，他女友信誓旦旦地说："我等你回来，我等你回来，我一定会等你回来！"情溢于中而形于外，连我这个历经波涛万险的人都忍不住眼湿。没想到半年之间，那女孩换了男友，订婚而后结婚，仿佛霹雳电闪，无怪秦深要彻底地崩溃了。

情爱是什么呢?

对情深的人固是重逾千金,对情薄的人则是不值一文,绝不只是出在"阳关"的问题上。在清平的时代里仍不免怨偶连连,混乱的时代则犹如草木荣枯,一季之间即可使翠绿成为苍黄。

近几日,台北正在上映约翰·施莱辛格导演的电影《魂断梦醒》,讲的是第二次世界大战美国兵进驻英国时发生的爱情故事,有订过婚的少女爱上美国大兵的,也有儿子读中学的母亲爱上美军军官的。电影虽美,却使我感到错乱。那些英国妇女都是好女人,都有追寻情爱的勇气,对自我与爱情的价值也都有相当的认识,因此,当我们触及"她们为什么这样轻易地爱上别人"的问题时,就不免为之疑惑了。

事实上,人是十分脆弱的,除非具有超人的大节大义,否则难免受到外来环境的激荡,也很难抗拒另一个新鲜的爱情,所有的信誓与允诺在这时都不堪一击,因此所有的责难也变得毫无意义了。我们如果了解这个时代和环境,就应该明白不能用爱情的变节与否来辨定一个人的善恶。何况,这年头,哪一个人不或多或少地接受过

变节的打击？哪一个人没有经过情爱的试探、考验和锻炼？倘若简简
单单就被击倒，也就没有什么更大的希望和远景了。

　　记得丰子恺在他的《缘缘堂随笔》中曾写道："灯下，我推开
算术演算簿，提起笔来在纸上信手涂写日间所暗诵的诗句：'春蚕到
死丝方尽，蜡炬成灰………'没有写完，就拿向灯火，烧着了纸的
一角。我眼看见火势蔓延过来，心中又忙着和个个字道别。完全变
成了灰烬之后，我眼前忽然分明现出那张字纸的完全的原形。俯视
地上的灰烬，又感到了暗淡的悲哀。假定现在我要再见一见一分钟
以前分明存在的那张字纸的实物，是绝对不可能的事了。我只是看
看那堆灰烬，想在没有区别的微尘中认识各个字的死骸，找出哪一
点是'春'字的灰，哪一点是'蚕'字的灰……我又想象它明天朝
晨被此地的仆人扫除出去，不知结果如何。倘然散入风中，不知也
将分飞何处？'春'字的灰飞入谁家？'蚕'字的灰飞入谁家？……
倘然混入泥土中，不知它将滋养哪几株植物？……都是渺茫不可知的
千古的大疑问了。"

　　这一段话，我极喜欢，曾经诵读再三。我认为这段话不但可以
解宇宙间一切事物过去、现在、未来三世的因因果果，也可以作为

爱情变异的批注——有时候前一分钟和后一分钟都渺不可知，几年的恋情哪有可以预测的道理？

记否前年我自己的爱情变故？一星期之间，我消瘦了几斤，头发与眉毛全部落光（始信古人"一夜白头"信而可征），差不多到了"枯槁而死"的地步。那时每一想起，则全身发颤，怒恨无边，境况绝不会比秦深好到哪里。如今想起来虽还有"曾因酒醉鞭名马，惟恐情多累美人"的惆怅，但已成为灰烬的去处，是一种奇妙的因缘，责怪的心也淡了，所谓"鹤有还巢梦，云无出岫心"，为鹤为云都没有什么对错，只是一种个人的选择而已。正如过去向慕春天的杨柳与燕子，一转眼间，秋光秋色涌来，围炉的喜悦也和杨柳燕子一样是不能比较的。

近日读纳兰性德的词，有几首描写那样的心情十分贴切，且剪寄两首。

一首是《采桑子》：

明月多情应笑我，笑我如今，孤负春心，独自闲行独自吟。

近来怕说当时事，结遍兰襟，月浅灯深，梦里云归何处寻？

一首是《虞美人》：

春情只到梨花薄，片片催零落。斜阳何事近黄昏，不道人间犹有未招魂。　银笺别梦当时寄，珍重郎来意。郎今亦是梦中人，长向画图影里唤真真。

秦深落寞的心情，我是可以理解的；你从康涅狄克直飞爱荷华照顾弟弟的心情，我也可以理解。我们切不可因为发生爱情变故而对情爱感到绝望，就像我们不可看到一躲出岫的云而对山失望一样。

"多情终古是无情，莫问醉耶醒?"多情与无情、醉与醒都只是一念之间，酒还是要喝，情还是要多，否则，我们当年的博大的胸怀岂不是要大打折扣了?

两只松鼠

我深深知道，我再也看不到那一对可爱的松鼠了，因为生命的步伐已走过，冷然无情地走过。就像远天的云，它每一刻都在改变，可是永远没有一刻相同，没有一刻是恒久的。

自从搬到山上来住，我最高兴的莫过于山后有两只野松鼠。

每天清晨，阳光刚从庭前射来，鸟儿的歌声"吱吱啾啾"地鸣动，这时我就搬了一张摇椅到庭前的花园，等待那两只野松鼠。我的园子里种了一棵高大的木瓜树，终年长满了木瓜，松鼠们总爱在阳光刚刚扑来的时候到我园子里吃木瓜。

才一会儿时间，两只野松鼠就头尾相衔，一高一低地从远处奔跑过来，松大的尾巴高高地晃动着。它们每天都显得那么快乐，好像一对蹦蹦跳跳的孩子，顽皮地互相追逐着，伸头进栏杆时先摇摇嘴上的长须，一跃而入，往木瓜树蹿去。

它们争先恐后地上树后，便津津有味地吃起我种的木瓜了。它们先用爪子扒开木瓜的尾部，把尖嘴伸到木瓜里面，大吃大嚼起来。木瓜子和木瓜屑霎时间就落了一地，有时它们也改换一下姿势，回头偷偷瞧我，"吱吱"连声。

吃饱了早餐，它们用前爪抹抹嘴，顺着木瓜树干滑下来，滑到一半，借力往栏杆外一跳，姿势优美到极点。两只松鼠一蹦一跳地并肩跑远，转眼间就没入长草不见了，仿佛一对天真的小孩儿吃饱了饭，急着去庙前看杂耍似的。

我在园子里看松鼠已经有一年的时间了。它们老是在我通宵工作的黎明时跑来，成为我最好的精神伙伴。有时候，木瓜不熟，它们也跑来园子里跳来跳去，奔跃嬉耍，尽兴了才离去。有时候，我会在栏杆上绑两根香蕉，看它们欢天喜地地吃香蕉，吃完了望望我，一溜烟跑了。

那两只松鼠一只黑色，一只深棕色，毛色都是光鲜柔软的，在清早的阳光下常反射出缎子一般的光泽。它们小眼珠子滴溜溜地转，尾巴翘得半天高，真是惹人怜爱。

我们相处的时日久了，它们的胆子也大了，偶尔绕到我的摇椅边来玩，穿来穿去。我作势一吓，它们便飞也似的跑开，但并不逃走，站在远远的地方观察我的动静，然后慢慢地再挨蹭过来。除非我去远地，否则我和松鼠总像信守着诺言，每日在庭前相会。这一对小夫妻看起来相当恩爱，一日不可或离。

最近一个多月的时间，松鼠不来了，使我每天黎明时刻减损了不少趣味。有时候，我会愣愣地想起它们快乐的情状。

它们到哪里去了呢?

会不会换了山头?

会不会松鼠妻子生了儿女?

过一阵子说不定带一群小松鼠来看我哩!

有时候仰望浩渺云天，会不禁想起我并不知道松鼠的家乡，我们只是在我客居的家前偶然相遇，却不知不觉生出一种奇妙的情缘，竟像日日相见的老友突然失踪，好生教人挂念——原来，相处的时候很难深知自己的情感，一别离便可以测量，即使对一只小松鼠也是这样。

前几天我在山下散步时吃了一惊，小区的守卫室前挂着一个笼子，里面赫然是那只棕色的小松鼠，它正在笼子的铁线圈里拼命地跑动，跑累了，就伏在一边休息。

我问守卫老张，松鼠是怎么来的，他用浓重的山东口音说："一个多月前捉到的。"

"为什么要捉它？"

"俺常看到松鼠在小区跑来跑去，用了一个陷阱，捉来玩玩。"

"只捉到一只吗？"

"捉到两只，另一只黑的，很漂亮，捉来一个下午就死了。"

"怎么死的？"我吓了一大跳。

"捉到之后，它在笼子里乱撞乱跳，撞得全身都流血，我看它快撞死了，宰来吃了。"

我一时间说不出话来。

在我庭前玩耍了一年的松鼠，已经被老张吃进了肚里，早就化为粪土，尸骨无存了。它的爱侣大概脾气比较驯顺，因此可以在笼中存活下来，每天在铁线圈上拼命奔跑，来娱乐别人。松鼠有知，当作何感叹？

我买下那只棕松鼠，拿到庭前把它放了。它像一支箭一样毫不回头地向前奔去，踪影一闪，跑回它原来居住的山里去了。这只痛失爱侣的松鼠，日后不知要过什么样的生活，要再遇到什么样的伴侣，我想也不敢想了。

我最关心的是，它是不是会再来玩?

等了几天，松鼠都没有来。

我孤单地在黑暗中等待黎明的阳光，再也没有松鼠来与我分享鸟声初唱的喜悦。

我深深知道，我再也看不到那一对可爱的松鼠了，因为生命的步伐已走过，冷然无情地走过。就像远天的云，它每一刻都在改变，可是永远没有一刻相同，没有一刻是恒久的。有时候我觉得很高兴，能与松鼠玩在一起，但是想念它们的时候，我更觉得岁月的白云正在急速地变换，正在随风飘过。

深香默默

我们应该有肯定世间一切臭的污秽事物的气魄，因为再腐败的土地也会开出最美丽的莲花。如果莲花不出于污泥，而长在遍地天香的土地上，它的美丽也不会那么珍贵。

秋天一到，家屋前两株高大的桂花树，一转眼全盛开了，乳白色的小花一丛一丛点缀在枝叶间，白日里由于阳光灿亮、枝丫茂盛，桂花隐藏着很难被发现，一到夜晚，它便从叶片后面吐出了香气。

桂花的香味很清淡，但飘得很远。我每天回家，刚走到楼梯口就远远闻到那淡淡的香气了，还常常飘到屋里来。桂花香是所有的花香中最好的香，它淡雅而深远，不像有的花香浓烈而浮浅。

盛夏的时候，山下的七里香也开得丰富，那种香真是能飘扬七里外，可是只宜于远赏不适合近闻，距离一近就浓得呛鼻，香得人手足无措。还有，我园子里有两株昙花，开放的时候也有香气，是一种淡淡的奶香，可惜只能凑近了闻，站开一步则渺无气息了。

只有桂花是远近皆宜，淡淡有余裕。

可能是桂花的这种特性，凡物一冠上"桂"字就美了三分。"桂林"的山水是天下之冠，"桂竹"是所有竹子中最秀美的，"桂酒"是酒类中最香的，即连广西的"桂江"，想起来也是秀丽无匹。诗人的头上加了"桂冠"则是一种至高无上的荣誉。

仔细地想起来，中国人实在是个爱桂的民族。早在神话中的"吴刚伐桂"时期，桂树就已有了高大无伦、不能破坏的形象。《酉阳杂俎》里说："月中有桂树，高五百丈。"这棵桂树是有魂魄的，伐不倒的。苏轼在《中秋词》里曾为之赞叹："桂魄飞来光射处，冷侵一天秋色。"唐朝诗人李德裕也写过"桂殿夜凉吹玉笙"的名句。

历史上还有两位皇帝是爱桂树的。汉武帝曾经造了一个宫殿，用了七宝床、杂宝案、厕宝屏风、列宝帐来装饰，这个宫殿和当时的明光殿、柏梁台齐名，名字就叫"桂宫"。后来，南朝的陈后主为他的爱妾张丽华也造过一个"桂宫"，摆设是"圆门如月，障以水晶，庭空洞无物，仅植一桂"。我们可以想象那个宽广的、只植一株桂树的庭院的浪漫与美丽，即使陈后主没有什么治绩，光是这棵桂树，也能传承不朽了。

文学作品里以桂为名的也不少，宋朝词牌有"桂枝香"，清朝剧曲有《桂花霜》。诗人宋之问曾写下"桂子月中落，天香云外飘"的诗句，对桂花的香味可以说是一语道尽。

我是爱桂花的，常常把摇椅搬到庭院里看书。晚来的凉风一吹，桂花就开始放散它的魅力，终夜不息，颇有提神醒脑的功用。我常想，这也许就是宋之问当年闻到的"天香"，本不是人间应有。

想到"天香"，我又记起几年前读过一本古老的佛经《维摩经》，里面提到一个菩萨的理想世界，名字就叫"众香国"。

这个"众香国"远在四十二恒河的沙佛土上，"其国香气，比于十方诸佛世界人天之香，最为第一"。原来在"众香国"里，是以香作楼阁，以香为地，苑园皆香，甚至菩萨们吃的饭也是香的。他们吃饭时散放出来的香气，可以周流十方无量世界。他们盛饭的用具也是香的，叫"众香钵"，所种的树当然也是香树了。生息在"众香国"的菩萨，甚至到了"毛孔皆出妙香"的地步。

由于长在那里的九百万菩萨的身上太香，当他们要到人间普度的时候，连佛也不得不告诫他们："掇汝身香，无令彼诸众生起惑着心。

又当舍汝本形，勿使彼国求菩萨者，而自鄙耻。又汝于彼莫怀轻贱，而作碍想。"

香气太盛而有碍度众生，实在是不可思议的事。

"众香国"是一个佛经里的浪漫传说，它无处不至的"天香"是人间所不可能的。我想，人间也不必有，人间虽有生苦、有老苦、有病苦、有死苦、有爱别苦、有怨憎苦、有所求不得苦、有五阴盛苦、有失去荣乐苦等诸苦，可是到底有苦有乐，有臭有香，是一个多姿多彩的世界。如果连屎尿、脓血、涕、唾都是香的，日子便也没有过下去的意思了。

我的信念是，我们应该有肯定世间一切臭的污秽事物的气魄，因为再腐败的土地也会开出最美丽的莲花。如果莲花不出于污泥，而长在遍地天香的土地上，它的美丽也不会那么珍贵。

我并不希望人世间都是庄严美丽的，也不期待能生活在众香国度。我只想渴的时候有一口水喝，夜读的时候，有沉默清雅的桂花深香默默地飘来，就够了。

寒梅着花未？

自己过去三十年的生命历程，好像一篇已经印刷出版的文章——里面大部分是畅顺的，可是有许多地方分段分错了，还有许多地方逗点和句号摆错了，想修改重新来过，已经无能为力了。

终于过了三十岁生日。那一天，我独自开车到台北近郊的八里乡去。

八里乡有一个临着海口的弯道，在冬日的雾气里美丽而古典。右边海的湛蓝在东北季风的吹袭下，浪花用力拍击着岩岸，发出崩天裂云的"哗哗"声；左边的山壁郁郁葱葱地长出各色花草。人在其中情绪十分复杂，山给我们的壮怀与海给我们的远志在抬眼眺望的时刻，交织成一幅充满梦想的视景。

八里的海湾是我常去的地方，那里几乎没有人迹，只偶尔呼啸而过几辆疾驰的货车，让人蓦地觉到人的脚迹真是无远弗届。这个地方在秋天的时候常常有孤鹰出入，在天空中缓缓盘旋，运气好的话会看到飞翔很久的鹰突然落脚在山顶的枝丫上，睁着巨眼遥望海口，顺着海势而去，也许可以看到尽处的蓝天吧！

渔船也是美的，它是生活与搏斗得来的美。从高处看，它顺着浪头在海中一起一落，一起一落，连渔民弯腰捕鱼的姿影都清晰可见。我是经常想到渔民辛苦的人，可是想到他们每天在波涛大浪中涌动的生活，应该也会油然兴起宇宙苍茫浩大的情思吧！

八里最美的还不是那个海湾，而是到八里的路上有一段种了许多杜鹃花，有红、白、紫，生得零乱错综，不像是人有意种上去的。杜鹃正好在山道的临沿，每次我路过时总是把车速放慢，看早春的杜鹃在空静的山中绽放。杜鹃是有色无香的花，可是不知道为什么，车子经过时会从车窗飘进来一阵淡淡的香气。原来，目见的美色也会刺激我们的嗅觉，好像三十年往事一幕幕浮现时，竟能嗅闻出当时的味道一般。

这一次我去八里，路经那一段杜鹃花道，杜鹃已经开得很盛，有许多刚凋谢的花铺在马路上，鲜新的颜色还未褪去。车子的风过，花魂就向两旁溅飞起来，到远一点的地方才落下，逝去的花有逝去的美，被惊起的花魂也像蝴蝶一样有特别的姿势。

长在枝上的杜鹃虽好看，但总觉得拥挤。它们抢着在春天来时开成枝头第一株，于是我们感觉杜鹃花不是一朵朵，而是一群群，等到它们落了散居在地面，才看清原来每一朵都有不同的面貌。

对我而言，往事也如是。

处在进行的时刻，很难把每一件事检点出来，看出它的前因后果，因为每一件往事都牵连着另一件，交织成一片未会消逝。等往事经过了，我随手一捞，竟像谢去的杜鹃，每一段都能整理出一个完整的面貌，有许多颜色还清新如昔。

我走在八里海边上，仰起头来散步，想起自己过去三十年的生命历程，有一种感觉，好像一篇已经印刷出版的文章——里面大部分是畅顺的，可是有许多地方分段分错了，还有许多地方逗点和句号摆错了，想修改重新来过，已经无能为力了。

快黄昏的时候，海上突然下起雨来。

我看着海面上的雨线一直向海岸逼近，才一晃眼，雨已经逼到身侧，愈下愈大。很快，我就被淋湿了，想起年少时代喜欢下雨，这时淋到雨竟有一些无可奈何的心境。

回程的时候，路过杜鹃花道，本来在路上的花魂被雨淋过，被车辗过，都成为五颜六色的尘泥，贴在地上。

我下了车，在微雨的黄昏中看那些花，不禁看得痴了。花儿有知，知道年年春天的兴谢，知道美丽的盛放后就是满地的尘泥，不晓得会有何感叹？

到家的时候已是黑夜了。

妻子与朋友为我准备了生日盛宴，人声笑语正从院落中热闹地传出来，我看到院子里的梅花还开着，不觉心情一松——有谢了的花，总有新的花要开起。

然而，人过了而立之年，如果是一株寒梅，是不是到开花结实的时候了呢？

明年荷花应教看

花，是奇妙的精魂，在褐黄的泥土上，在碧绿的草色里，让我们体知更多的颜色，尤其在冬季的冷风中，好似在大地的寒茫中让我们感觉更新的生机。

　　冬寒已深，庭园里有些花却在沉默中开起，知名的或不知名的。早晨推窗的时候，忽然惊见许多颜色，阳光灿亮，竟疑是春天了。

　　花，是奇妙的精魂，在褐黄的泥土上，在碧绿的草色里，让我们体知更多的颜色，尤其在冬季的冷风中，好似在大地的寒茫中让我们感觉更新的生机。我们说"春时花盛"，却也未必，反而在冬天的花显得格外新鲜。

　　究竟为什么我们庭园的花事却是在冬季呢？

　　我问了山下的一个老人，他的屋顶上牵缠着茂盛的忍冬花，像一顶花帐，他便要在忍冬花盛开中忍过漫长的冬季。老人写了两句韩缜的词送给我："向年年芳意常新，道绿野嬉游醉眼，莫负青春。"他说："冬天的花是一种警惕。"

老人住在一所大屋里，老伴已去，儿女都在国外，天涯汗漫，他便一个人经营着庭园，莳花读书，闲来还吟诗作词，倒也颇不寂寞。当老人对我说他的圣诞红又红了，或者九重葛开得像重楼飞霞，或者龙吐珠在万白中吐出了红舌时，我却看到他的寂寞从他亲手栽植的花中流露出来。

儿女的来信总是让他宽怀。有一日冷风呼吼，老人来我的屋中饮酒，带来了千里外问候的家书，那是飞过千云万云来的。老人眼角噙泪，带醉朗诵那封薄薄的邮简，里面写道："这里连日的大雪，屋里屋外一片白。以前在台湾，四季都像春天，花终年开着，并不觉得稀奇，今天我到校园里却看到几朵小红花开在雪中，十分有趣，特别感觉真的是冬天了。"

念起海外的游子，老人幽幽地说："原来冬天开花也是有趣的。"然后他便提起笔来写道：明年荷花应教看，冬风无力百花残。

命脉

有果必有花，有花必有叶，有叶必有干，有干必有芽，有芽必有种，有种必有果。所有的一切都在那里循环，在那里呼应。我们可以单独看那些芽种和花果，但其中有不可切割的关系。

深夜与几位好友饮酒，不知道为什么就谈到徐志摩，一位朋友说："徐志摩是被胡适害死的。"

他这句话使我们都大吃一惊，徐志摩坐飞机撞死已是众人皆知的事，我们当然要问一问他为什么这么说。

他说："徐志摩本来与陆小曼在上海生活得好好的，是胡适坚持请他到北京大学去教书，他只好在京沪之间往返奔波，也才会导致后来在回上海的途中撞机死亡。如果胡适没有请他去北京教书，他也许就不会死了。"

我们听了都很不以为然，另一位朋友说："倘若按照你这种说法，害死徐志摩的是陆小曼，不是胡适之。以徐志摩在上海三个学校教书的收入，应该可以过很安适的生活，可是陆小曼挥霍无度，他只好到北京大学兼课，最后才会撞死。当然，婚后生活不美满也是原因之一，人在情绪不好的时候，什么事情都可能发生。"

我说："如果这么说，应该说是徐忘摩害死了自己，他假如不是个浪漫主义者，不目光不明地追求陆小曼，后来也不会生出这么多的事情了。"

我们就围绕"徐志摩是被谁害死的"这个无聊的题目，做了很久的口舌之争。

最后有一个朋友激动地站起来说："徐志摩死得好！一个人得了盛名而在英年死去是最好的事。你们想想，如果徐志摩不死，生了一堆孩子，最后与陆小曼离婚收场，到底是什么景象？生在现代社会，坐汽车、乘飞机撞死是最幸福的事。试想，徐志摩当年死得痛快，也留下了他风流潇洒的形象，如果他老来缠绵病榻，瘦陋无比，我们心里将做何感叹！"

我们的这个争论当然是毫无意义的，可是从另一方面说，却追索了徐志摩死前一些命运的基因，其中一个环节扣一个环节，好像任何一件事发生前都有必然的征兆，是不能勉强、不能逃避、不可推拒的。

真实人生中也是如此。

有果必有花，有花必有叶，有叶必有干，有干必有芽，有芽必有种，有种必有果。所有的一切都在那里循环，在那里呼应。我们可以单独看那些芽种和花果，但其中有不可切割的关系。

恐怕这就是命运的逻辑吧！

报道工作做久了，我常喜欢追问"为什么"，问久了，时常有惊人的发现——没有因的果一定是个谜题，或者是个谎言。多问"为什么"，实在有助于发现问题的真相。

我童年的时候生长在农场，养了许多动物，种了许多植物，我最喜欢观察它们生长的过程，我发现凡是有生命的东西都有它不可规避的脉络。

有一次，我们家的一条牛生病，不久就死了。过几天，又有一条牛患病死亡。大人们都说得了"牛瘟"，请兽医来打针检查，结果发现每一条牛的健康状况都良好。兽医离开后的那天下午，却又莫名其妙地死了一条牛。我每天放牛的时候就留神着这件事，看牛在哪里饮水，吃些什么草。后来我发现有一条牛吃了树薯叶子，回家后就病倒了，病情和以前的牛死去的情形一模一样，我得出一个结论：牛吃树薯叶子是会生病和死亡的。就这样，我们家的牛后来就活得健康而强壮。

这是我童年时代非常得意的一件事，这件事使我知道没有动物会无缘无故死亡，也没有人会无缘无故挫败。

最近，我有很多朋友遭到情感和婚姻的变故，我一直相信其中必有因果，也许那因果是残酷的，但也只有接受。

有一位朋友的未婚妻和别人结婚前写信给他，开头是："请相信，我是永远爱着你的；请相信，失去你是我这一生最大的遗憾；请相信，我们过去四年的相知相爱是多么和谐美好……"

朋友流泪拿那封信给我看，我看不下去，只有粗鲁地咒骂："都是狗屁！"

事后愤怒平息了，想想这些"狗屁"也有"狗屁"的道理，里面可以追出许多可悯或可笑的因果，可是我们中国人对于解释不清的因果，就用一个字来了结，这个字就是"缘"。好玩的是，世间竟充满许多变异无常的、啼笑皆非的"缘"。

我认为，一个常常思考因果的人一定会在经验中得到可贵的教训，使自己清醒，也使别人清醒。因为了解"因果"，可以使心得到均衡，可以体会到做人的质量（知所善恶），可以明白做人的重量（知所警惕），一个人在能洞彻因果的时候，他就完成了。

命运是可信的东西，但不是牢不可破的。

有的人命不好，运好，一定有使他运好的因；有的人命好，运不好，也一定有使他运坏的因。这样想时，徐志摩的死，朋友的情感大变，也都能洞彻了。

原来，这个世界充斥着的是命好运不好的人！

回眸

这敏锐的眼睛此时有一片海的清明,有一脉山的韵味,几年后也许却不能知觉远方的鞭炮声了——我关切着纯粹黑白的分明,它才是眼睛真正的力量。

　　我终于知道了眼睛的力量,当我接触过无数眼睛,而在南部一个婴儿的回眸里,我震惊地知道了。

　　婴儿的脸本来埋在母亲温热的胸前,年轻母亲的紫色头巾和包盖婴儿的土红色毡子吸引了我的注意。走近的时候,我看到婴儿沉沉地睡着,母亲的脸熨贴着他的头颅。

　　那是一个热闹的庙会,庙前的纸钱炎炎烧着。蓦然,远方响起了一阵"噼噼啪啪"的鞭炮声,婴儿在母亲的怀中扭动着。他猛然扬起头来,张开眼睛,望着噼啪声响处的街那头——他惊奇地,略带一点忧郁地向远远的地方望去。这时,他红通通的脸上,两颗晶明的眼睛格外引人。他凝神注视，充满了天真的疑惑。

母亲对鞭炮声毫无所觉。

我不禁悲哀地想着，这敏锐的眼睛此时有一片海的清明，有一脉山的韵味，几年后也许却不能知觉远方的鞭炮声了——我关切着纯粹黑白的分明，它才是眼睛真正的力量。

观自在菩萨

自在，是自由自在。观自在，是自己照照自己的心，觉得自在得很。一个人的真性，本来清净明亮得很，只因为妄念太多，把真性遮盖住了，所以真性里头的智慧光，就显不出来了。

我坐在庙里的石阶上，观察那个看书的老人已经将近一个小时了。

有一次，我路过台南的文武庙。

那时已是午后了，阳光从庙顶斜斜地映射下来，使那座古旧空旷的庙庭亮灿得神秘。庙前的香炉被阳光一分为二，产生诡异的阴影变化，我忍不住走进庙里。

已是冬天，又是午阳，庙中一片静谧。香炉里的香因为无风，烟直直地上升，几乎要到庙顶的时候才散去。供桌上供着四果，四果在阳光的折射里，颜色格外鲜新。

　　我眼睛一亮，便看见一位老人。

　　老人穿着一件黑色的毛大衣，斜依在一个檀木椅子上，一条腿伸直，一条腿挂在椅背上。

　　他背着光看一本书，阳光正好投注在他的书上。他的脸似笑非笑，似愁非愁，有一种非常奇怪的平静，像一脉山，像一汪水，清明得一如庙前的香炉。

　　那样的表情，那样的姿势叫我吃惊，我便定定地坐在他的对面，望着他。

　　老人专注而神驰地看那本书，偶尔侧个身，换换姿势，偶尔搔搔剃得光亮的头皮，但是他的眼没有离开过手上的书，与书始终保持着磁石一般的距离。

　　他到底看着什么魔法似的书呢？

　　是一本武侠小说，或是言情小说吧？

　　最后，我终于忍不住了，便去问老人借了那一本书看，原来是一部写满了白话解释的《心经》。

　　我随手一翻的一页赫然写着：

观自在菩萨：自在，是自由自在。观自在，是自己照照自己的心，觉得自在得很。一个人的真性，本来清净明亮得很，只因为妄念太多，把真性遮盖住了，所以真性里头的智慧光，就显不出来了。

过去，我只知道焚香沐浴、道心唯危地读经，没想到老人竟可以那样闲情真性地读经，了无挂碍。我把心里的想法告诉他，老人笑而不答，又跷起脚，翻开了另一页。

走出文武庙竟已是夕阳西下了，庙前的香炉只剩下微微的火光。

我看到另一个老人挂杖沿庙檐走过。

沉默地走过。

孤独的艺术

我们看群树成林固然是美，孤树挺立于原中又何尝不美？我们看白鹭群栖固然是美，独鹭浅行溪畔又何尝不美？群峦叠嶂是美，一山独立又何尝不美？

苏东坡寓居黄州时填过一阕《卜算子》：

缺月挂疏桐，漏断人初静。谁见幽人独往来，缥缈孤鸿影。

惊起却回头，有恨无人省。拣尽寒枝不肯栖，寂寞沙洲冷。

这阕词曾引起很多争论，尤其"拣尽寒枝不肯栖"更是。我最喜欢《耆旧续闻》里陈鹄说的解释：取兴鸟择木之意。这阕词寄意高奇，将东坡被谪居黄州时的孤独心境全写出来了。

世人在听人提到"孤独"一词时，往往含带同情和怜惜，如同雾里看花，根本谬解了当事人的心境，东坡词就是一个很好的解说。

我们看群树成林固然是美，孤树挺立于原中又何尝不美？我们看白鹭群栖固然是美，独鹭浅行溪畔又何尝不美？群峦叠嶂是美，一山独立又何尝不美？况后者更能让人体会出俊秀挺拔的意义，杜甫望泰山时曾写《望岳》一诗，中有两句："会当凌绝顶，一览众山小。"这便是个很好的例证。

戴叔伦的《游清溪兰若》中的诗句"西看叠嶂几千重，秀色孤标此一峰"，更将孤峰的俊奇描述得兴会淋漓。韩愈的"异质忌处群，孤芳难寄林"，朱涧的"隆冬凋百卉，江梅厉孤芳"，也都是描写"孤峭卓立"的好例证。但是真正把"孤独"超升到艺术境界的，要数柳宗元的《江雪》：

> 千山鸟飞绝，万径人踪灭。
>
> 孤舟蓑笠翁，独钓寒江雪。

在白茫凛冽、广阔无边的千山里，不但没有丝毫人烟，连飞鸟都绝了踪影。一苇小舟上栖一位孤独的老翁，手执微不可辨的鱼竿，静静地垂向江面，钓着寒江中的白雪。那是如何的一幅画面呢？孤独所呈现的美感在短短的二十字里表现无遗。

孤独时，景物固能如上所述的那样，显露出孤独的美，人又何尝不是呢？李白曾经写过一首有名的《月下独酌》：

> 花间一壶酒，独酌无相亲。
>
> 举杯邀明月，对影成三人。
>
> 月既不解饮，影徒随我身。
>
> 暂伴月将影，行乐须及春。
>
> 我歌月徘徊，我舞影零乱。
>
> 醒时同交欢，醉后各分散。
>
> 永结无情游，相期邈云汉。

李白原本是独自在月下饮酒，却由于高逸的诗思，能把明月和影子招呼来一起饮酒。作者在孤独时天人合一、物我相忘的心情尽表现出来了，从无情的明月和影子到有情的"交欢"，打破了云汉间的高远距离。李白是一位仙才，可以说用短短的一首诗已说出了孤独艺术的最高境界。

唐朝还有一位诗人王维，省察王维的诗可以发现，他的诗思绝大多数都是在孤独里咏叹孤独，他的诗境里也在显现着孤独的情趣。如他有名的《竹里馆》：

> 独坐幽篁里，弹琴复长啸。
>
> 深林人不知，明月来相照。

以及他的《终南别业》：

> 中岁颇好道，晚家南山陲。
>
> 兴来每独往，胜事空自知。
>
> 行到水穷处，坐看云起时。
>
> 偶然值林叟，谈笑无还期。

这两首诗都是很好的例子，他从孤独出发又复返孤独的诗歌意境，在唐代诗人中独树了一种风格。

不但在美感和诗歌里，孤独有它的价值，在事实生活中，孤独也有它的意义。《孟子·尽心篇》已经说出这个道理："独孤臣孽子，其操心也危，其虑患也深，故达。"在后来许多史书里的人物都印证了这个事实，像《后汉书·戴良传》曰："我若仲尼长东鲁，大禹出西羌，独步天下，谁与为偶。"《隋书·萧吉传》曰："吉性孤峭，不与公卿相沉浮。"这些都表明了孤介清正不随俗的人格形态。

孤独之为用大矣!

佛家有云："不二曰一，不异曰如，即真如之理也。"到了"清溪深不测，隐处惟孤云"，便是一种艺术境界，一旦能"非但处而特立于一身，亦出而独行于一世"，便是将孤独的艺术与生活结合为一体，无所不在而见其神了。

寂寞的艺术

世人不知沉默的艺术，往往不见车薪而见秋毫，喜发议论，不在内心的涵蕴上求修养，而在外相的表达上求矫饰，则沉默之被目为可贵，日趋于下，真正虚怀若谷者反而不屑与谈。

"不鸣则已，一鸣惊人"是常常被人当作夸赞的话，表面上是赞扬"一鸣"的惊人，实质上却在阐释沉默的"不鸣"所蕴涵的深厚，所谓"每鸣必有所指"的意思。这与"若非一番寒彻骨，焉得梅花扑鼻香"，及"十年寒窗无人问，一举成名天下知"的道理相同，表面上感人的成就固然可喜，隐在其后的沉默之努力更是可贵。

所谓的"沉默"，以现代语意析理应解为"深沉的默想"，唯其有了深沉的默想才可以达到人生的最高境界。

《文心雕龙·体性篇》说"子云沉寂，志隐而味深"，说是"韬敛其所具，不发扬于外"；韩愈的《进学解》说"沉浸农郁，含英咀华"，说是"状力学之深透"，都是在说明沉默的重要。沉默而到达"不作苟见，不治苟得，久幽而不改其操"，就成为一种艺术境界了。

《庄子·天下》中有云："寂寞无形，变化无常。死与生与，天地并与，神明往与。芒乎何之？忽乎何适？万物毕罗，莫足以归。古之道术有在于是者。"

庄子将"寂寞"视为艺术的道之所归，投死生神明于大沉默之中，无长短可资计较。"沉默"乃成为万物之所归宗，实在是推崇沉默艺术的极致。

观照文学哲学中的精神，沉默是重要的，因为"敛于中而发于外"，只有最坚挚的沉默后，才有最伟大的作品。这也便是朱子所说的"学者所患在于轻浮，不沉着痛快"。如果未经深沉默想，所发出来的也一定是浮光掠影，不足为道了。

反观生活中的细节，均以沉默为高，浮躁为低。朋友因沉默而心灵相通，卡莱尔·纪伯伦说："当你的朋友向你倾吐胸臆时，你不要怕说心中的'否'，也不要瞒住你心中的'可'。当他沉默时，你的心仍要倾听他的心。因为在友谊里，不用言语，一切思想，一切希冀，都在无声的喜乐中发生共享了。"他给因沉默而显得高贵的友谊作了一个最好的佐证。当我们说"心有灵犀一点通"时，是不是无形中显扬了沉默呢？

爱情也是如此，总是因"无言"的境界而显出高华与浪漫，因为有些情爱除了默契外，语言是无用的。到了"所有的言语都成为多余"的爱情境界，情爱也就显得益加真挚了。"示爱如欲进，含羞未肯前"和"盈盈一水间，脉脉不得语"的境界又岂是一般庸庸碌碌之辈所可致的？

沉默对生活是最有用的，"言多必失"、"沉默是金"是最通俗的用处，至于"相看两不厌，唯有敬亭山"则是属于沉默的艺术了。一旦能超升到艺术境界，就可以由自己的大沉默而听到日出、花开、露凝、月升、星闪的声音，进而领悟到生命的奥秘及伟大，即使是"无言相对坐终日"，也会是别有一番滋味吧！

在大沉默中圆寂也是一种艺术，柏拉图的死就是印证。威尔·杜兰在《西洋哲学史话》中记载了他的死："有一天他应邀参加一个学生的婚礼，杂在宾客中间畅饮。筵席开到一半，伟大的哲学家悄悄离席而去，找到一个安静的角落，默默躺下，呼呼睡去。第二天清晨，疲倦的客人在狂欢后发觉，他已由小睡进入长眠。"柏拉图在死前用勇敢的镇静应付了命运，保持了面对死亡的尊严，这是了悟生命之始终后所表现出来的——沉默。这种死亡，谁说不是艺术呢？

可是世人不知沉默的艺术，往往不见车薪而见秋毫，喜发议论，不在内心的涵蕴上求修养，而在外相的表达上求矫饰，则沉默之被目为可贵，日趋于下，真正虚怀若谷者反而不屑与谈，变成"黄钟毁弃，瓦釜雷鸣"的现象，歪风所及，人格、社会便一日下流于一日了。

在知道沉默的艺术时，必当以此作为生活行为之依归，终有一天会达到庄子《在宥篇》所说的"至道之精，窈窈冥冥；至道之极，昏昏默默"，将有限融于无限，才是深沉地默想的最高艺术境界。

卷三 岁月的灯火都睡了

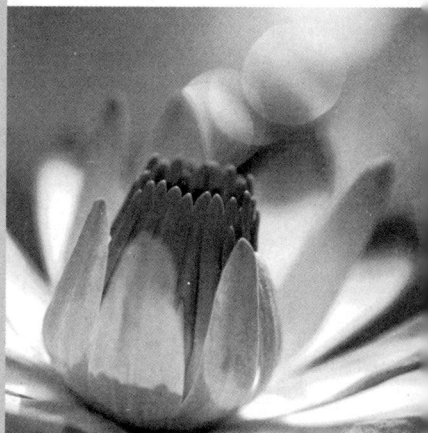

往事再好

也像一道柔美的伤口

它美得凄迷

但每一段都是有伤口的

黑白笔记

黑白分明当然是最好的，可是黑白调和的时候画面上是灰色，黑白不分的时候画面上也是灰色，这两种灰色表面上没有不同，本质上却大不一样，纯粹只是一念之间的差别。

在香港看伍迪·艾伦导演的新片《曼哈顿》，竟是一部黑白电影，他用黑白的色调来处理纽约最繁华的曼哈顿区中男女情感的种种问题，我看了以后颇有一些感触。这些感触一方面是来自国内电影界对色彩的迷信，其实黑白电影拍得好绝对不会比色彩缤纷的电影逊色，因为其中有人性，还有人文精神。在人性里面，色彩显得多么无告呀！

也许在真实的人生里面，我们回顾过去的点点滴滴，色彩会慢慢褪去，到最后只剩下淡淡的黑白。我们想不出在离别的冬夜中，以前的伴侣穿什么颜色的服饰，只记得在那条暗黑的长巷中，惨白的街灯把影子拉得很长，天气冷得令人畏缩，巷子里只有两条被生活压扁的影子。甚至于，这些生活经过岁月风霜的涤滤，在我们苦痛的梦中，根本是没有颜色的。它有的只是"少年不识愁滋味"，颜色全部消隐，最后只剩下苏东坡《东栏梨花》词里"惆怅东南一株雪，人生看得几清明"的境界了。事实上，当我们有勇气剪断情感的辫子时，所有的事物都变成黑白了。

《曼哈顿》给我的另一方面感触是，在现时代里，爱情逐渐成为一个空洞的名词。当人们要肯定它的时候，它逃遁了；当人们要否定它的时候，它又悄悄地来了。我看到伍迪·艾伦的妻子闹同性恋，莫名其妙地爱上另一个女人，致使伍迪的情感甚至人生顿失凭依，然后在曼哈顿的街头浮沉时，不禁哑然苦笑，在苦笑中有不少的辛酸。

回到台北以后，我还时常记得《曼哈顿》中的情节，现实生活里又发生了一件令人啼笑皆非的事。

我有一位朋友，退伍以后结婚，婚后一个月为了开创新生活到巴西去经商了。过了一个月，生活刚刚安定，他要把新婚的妻子也接到巴西去。他妻子要到巴西的那一天，他打扮得很整齐，到机场去接她，结果空等了一个下午，妻子没有来。他怀着怅然的心回家，却接到一份电报，电报是这样写的：

我在台北飞巴西的飞机上认识了一个男士，我决定和他共同生活，所以在巴西没有出机场，直飞巴拉圭，希望你阅电后马上到巴拉圭来办离婚。

我可怜的朋友接到他新婚妻子的电报，他以为是自己神经错乱，赶快淋了一个冷水澡，从巴西打长途电话给我，一个字一个字地读那封电报，最后连声音都呜咽了。他喃喃地说："怎么会这样？我怎么办？我怎么办！"

怎么办呢？

我说："你带着那封电报到巴拉圭去办离婚吧！"

然后我们挂了电话。朋友婚礼的热闹、新娘幸福的笑脸，就在我们几分钟的长途电话里，在我脑中成为一幕黑白的纪录片。

朋友离婚后放弃了经商，到巴西乡下帮人种花。我可以想象到他在锦簇缤纷的花圃中黑白的落寞身影。他开始怀疑自己的才能，开始否定生命的意义与价值，所有理想的壮怀和人生的抱负几乎在这个情感的战役中崩溃，情感给人的压力之大真是令我不寒而栗。

我只能说，也许在我们每个人心里，都自认为是最好的人选，可是有的人并不要选择最好的。这就好像我们去逛百货公司，看到里面大部分货品都俗不可耐，高雅出众的服饰是很少见的。也许我们会问：为什么要生产这么多俗气的东西呢？答案很简单：有的人并不要买最好的。你会发现，那些高雅出众的服饰往往摆在最冷清的橱窗里。

在艺术上也是这样，汉唐的艺术多么高远，可是大部分的人却喜欢宋朝以后柔靡无力的文人画。那些以汉唐为念、不以宋后为宗的艺术家，往往要遭遇寂寞以终的命运。

对于"黑白"，我有一个强烈的观念。黑白分明当然是最好的，可是黑白调和的时候画面上是灰色，黑白不分的时候画面上也是灰色，这两种灰色表面上没有不同，本质上却大不一样，纯粹只是一念之间的差别。情感的事也是如此，有很多时候，你明明想要那种黑白调和的灰色，可是笔锋一转，却往往得到黑白不分的灰色。这是无可奈何的事，因为它不是人力所能强为的，其中有许多人力所不能为的天机在——人被命运下着棋，不到最后一刻，料不到最后一步棋。

我记起小学时代，有一位美术老师死了妻子，他在教室里画他的自画像，画像上是一张白色的脸流着黑色的眼泪。老师的那一幅自画像经过廿年，在我脑中仍然没有褪色，我想，主要是他用的是黑白的关系。

我们常说人生是多彩多姿的，在我这些年的心境上感觉到人生的色彩是如此薄弱，到最后只留下黑白两色。有时候我们自己拿着调色盘面对这张黑白的画都不知道要怎么上色，踌躇了半天，天色暗了，满天都是白色的繁星，连月光下的大地都是一片黑白的清冷。

相思、苦楝、合欢

金门的相思、苦楝、合欢不只是一首大地的情歌，也是一种故国情思的写照。中国的悲剧使我们在相思的苦楝中，等待着合欢。

大地的情歌

蓝得无云的天色向四野开展着，相思树夹道的马路笔直，像无风时射出的箭，勤奋的农民们正在田里弯腰工作。我看到一匹棕色的马，拉着犁在田地里跑来跑去，被犁翻起的泥土，就花瓣一般地开展向两旁。赤着上身的小孩儿，在高粱田上追逐嬉戏；结满了褐色果实的高粱直起腰来，在清晨的凉风中招展；月光如银线一般，从茂密的枝叶穿射到车窗里来。

金门的大地是那样安静，我们只能听到车子穿破晓雾带来的呼呼风声。偶然转过另一条道路，会看见荷着枪、扛着炮、流着汗的兵士正在马路上行军。他们一身绿，紧依着翠绿的树行走，阒然若无声息。这是一片绿色的土地，有风，有阳光，有荷锄的农民，有扛枪的战士，在安静中，仿佛有一股生机，一种有力量的空气，充塞在我们四周，沛然莫之能御。

我依在窗口，眺望这一片有力的土地，询问在百忙中抽空陪我们看金门的石政求县长："没想到金门有这么多树，都是些什么树呀？"

石县长说："金门最多的是三种树：相思、苦楝与合欢。"

我想，金门这三种树像一首大地的情歌：先有一段喜悦的相思，接着是一段苦炼的挣扎，最后合欢。

然后我们谈起金门种树的艰辛。仅仅在廿年前，金门还是一片飞沙走石的不毛之地，当时的指挥官告诉士兵们："如果树没有种活，你们也不要活了。树在人在，树亡人亡。"这段话虽然言重了，但是军令如山，金门的树就在疼惜着、拿捏着的情况下，一株一株站立起来，在尘沙中、烽烟里，经过廿年的苦苦锤炼，成为天地中屹立的风景。

我想，金门的树的成长不正是金门成长的象征吗？它们在风沙与烽火中屹立，不正是金门精神扎根与奋扬的缩影吗？我想，金门的相思、苦楝、合欢不只是一首大地的情歌，也是一种故国情思的写照。中国的悲剧使我们在相思的苦楝中，等待着合欢。一路上合欢开着嫩黄色的圆球形的花，它那针一样的花瓣随风飘着，到底要飘上哪里呢？

对于苦楝树，我尤其印象深刻。我记起随意摘取苦楝子玩警匪枪战的童年，那时真不知道"苦楝"的名字这么美，美得凄楚，那时我常拒喝苦楝芽熬成的、据说可以退火的"苦茶"，现在要喝，已不可得了。

怅望惊涛拍岸

金门的海水清澈得可以看见海中的游鱼，鱼在水中自由自在地游戏着，我们坐着开往小金门的马达小客轮破浪前进，小金门美丽的侧影迎接我们，旁边就是梦里锥心刺骨的大陆了。

我坐在船头，环顾四周的海与陆地。海的蓝熨贴在大地的绿与天的蔚蓝里，空气中有一种清晰可闻的香气，逆着船急速扑来。

就在我们刚刚上船的那一刻，我看到码头上停着几辆出租车，我好奇地问："金门有多少出租车？"答案是叫我吃惊的，金门有一百六十二辆出租车，三十辆公共汽车，两千多辆摩托车。石县长说："我们现在管制车辆的增加，要不然恐怕有五百辆出租车了，我们希望金门发展，但不要金门污染。"即使连小金门的弹丸之地也有三辆公交车，十八辆出租车，用来评估这个地区的生活水平足足有余了。

我们坐着交通船，舵手是个年轻的汉子，他上半身探出船顶，观察海水的波浪和船的方向，两脚在船舱里，用脚控舵，使船平静地稳稳地靠向岸边。他的姿势真是优美，肤色也是长期经阳光曝晒后的铜铸般的颜色。

前往距离大陆最近的"湖井头"路上，车子沿着海边前行，右边是湛蓝的大海，海岸上植满了盛开的马樱花。右边的黄沙地，蔓延着许多不知名的野花，近在咫尺的大陆则在海中若隐若现。故国山河仿佛伸手可及，车子一绕弯，又远在天边了。

湖井头是个"喊话站"，和对面的大陆只有两千多公尺的距离，山青水绿，一水遥隔。有几艘渔船正在海上捕鱼，我们可以清楚地看渔夫下网的美丽姿影。

石县长说："那是我们的渔船，以前不准在这一带捕鱼，现在已经可以了。"

"要怎么辨识是我们的渔船还是大陆的渔船呢？"我问。

烈屿乡长笑着说："我们的渔船没有帆，都是使用马达的，大陆的渔船都是用帆的。"

我透过一千倍的望远镜往海的对岸看去，绵延的土地和山冈在望远镜中成为一个小小的圆形，破破落落的民房罗列在海岸边。镜孔向右移转，就看到帆船了，帆被风鼓成半圆形，勤苦的大陆渔民也正下网，我看见一张黑色的网抛出，人影晃来晃去。

那帆，那人，那网，那土地和山冈透过望远镜，竟是一片凄迷，好像被黄昏的浓雾笼罩了一样，灰蒙蒙的——多少故国的情思，不也是这样吗？看望远镜时，我紧紧屏住气，静默着，分不清哪里是厦门或鼓浪屿。

离开湖井头，步履匆匆，我一回首，正看到一朵大浪冲到海边，白色的泡沫爆开如烟火，迅速归入了大海，翘首云天，天蓝得要滴出水来。

鸟声叫醒天光

在浯江招待所过夜。

金门的天似乎亮得特别早，才凌晨三点，便听到远远近近一声响过一声的鸡啼。四点出头，众鸟喧哗，然后虫声蝉鸣也来了。五点不到，天已经被鸟、虫、蝉演奏得沉不住气地亮起来了。

我站在窗口，看见人来人往，都忙碌起来了。

走出招待所，才发现庭院里绿树成荫，有几株榕树、樟树、梧桐，真是美得惊心，是台北难得看见的。金门街上还有许多红砖红顶的小瓦房，洋溢着引人的古风。绕过一座保存完好的古老牌坊，就是人声沸腾的东门市场。

早起的士兵们，在市场里采购鱼肉果菜。没想到金门的物产如此丰富，大概台湾所有的物资，这里全有，价格也很便宜。这里还有一个特色是，许多鱼肉摊上还挂了价目牌，上肉、中肉、肥肉，丝毫不合混。

在市场走了一圈，我终于看到闻名已久的金门大黄鱼。那黄鱼大得不可思议，摊开来有一个桌面长。金门的海鲜种类比台湾多得多，有许多是我连看都没看过的，像虾菇，像海人参，像鲥鱼……

每到一个摊上，小贩们都和我亲切地打招呼。金门在早晨的市场里，飘扬着一股和乐热闹的气氛。

走回招待所，阳光已高挂在美丽的屋顶上，光明而辉煌，四壁仍是鸟声，一圈一圈地包围着。一株高大的梧桐树像一把巨大的伞，在院庭的水泥地上画出一圈美丽的弧形。

阳光正热烈的中午，我们到金门才子洪受的故居榕园去。榕园里种了许多雄伟的榕树，碧草整齐地蔓延着。我在园后散步，知道这一片碧草如茵的园里，曾经是被风沙掩埋的残迹，如今不但被整建成美丽的院庭，屋顶上还挺立着一尊雄武的瓦将军，我觉得人力真是可以胜天的，尤其是在金门这个地方。

黄昏的时候，我到山后村中堡的民俗文化村去，那里一共有十八座完好的明代古屋。它们不但表现了中国居住环境的优美无匹，更说明了金门源远流长的文化血脉。中土文化早就在金门生根了。

走遍全台湾，再也找不到比金门民俗文化村更完整的古聚落区了。可惜的是，居住在台湾的民众，不能自由出入金门，否则这将是一项庞大的观光资产——那是一个走远了，还忍不住要再三回头看的地方。

尤其是在晚霞飞舞的黄昏，如果沏一杯热茶，缓步在民俗村前的老榕树下看夕阳沉落，听归巢的鸟声，不知道是如何优美的一种景象哩！

醉卧金门君莫笑

离开金门前的欢送午宴，设在山东餐厅。山东餐厅据说是金门最好的一家餐厅，它的豪华舒适，使得台北的一流饭馆也为之失色。尤其是这里的海鲜，听说都是先养在海边，要烹煮的时候才打捞起来，只是没有打着"生猛"的招牌罢了。

作陪的曹主任风趣幽默，出口成章，是一位儒将。这位儒将却是千杯不醉的好汉，他可以连干数十杯高粱酒而色不变、眼不眨，豪情逼人，气势万千。连山东餐厅里美丽的老板娘也是酒量惊人，不让须眉，频频劝酒，倒使我们这些一向以酒量自豪的人为之变色了。

金门年产二百五十万公斤的高粱酒和大曲酒，酒的大量生产，也酝酿了豪情和血性。我在金门的时候，看到的尽是能够一口仰尽一杯高粱酒的血性汉子。我们真是不自量力，怎敢跑到这酒香遍地、酒雄辈出的地方拼酒呢？但是，万里江山酒一杯，到了热血澎湃的金门，是应该醉的。多少英雄豪杰曾在马山、古宁头高歌痛饮？高粱是金、马、台、澎最烈的酒，宝剑赠烈士，美酒饮英雄，我们在金门已经领略到了。

军机在低空的云层里如梭飞行，从机窗中，我望见金门和大陆，在远处成为云山一片。金门的经验，是一次愉快的经验。金门是一个强大的戳记，中国人耐苦、亲切、真诚、坚毅、豪情、勇敢、美丽的性格，我在金门都感受到了。

机过澎湖，台北近了。我记起年少时在军中醉酒吟过的几句诗来：

> 且与稼轩同醉
>
> 且枕一卷放翁入梦
>
> 愿梦中诗酒未寒
>
> 战场上也有春之去处

在醉酒时梦见江山

且惦长征的人

且记烽火的故居

江山的春天

要在酒醒时节看见……

香港仔，你不要哭！

如果只有安适，没有苦难的反省，日子也就不深刻了，就像刚刚我在路口花两元港币喝了一杯椰子汁，甜得让我觉得味觉都麻木了一般。

　　我们坐小巴士到香港仔的时候，香港正吹来一阵小台风，连续两天都下着蒙蒙细雨，那种感觉真好。我觉得香港这个地方是无法真切地去看的，因为你看得分明，它就显出功利和肉欲的一面，可是在雨中、在夜晚，它却成为一个梦幻之都，你觉得它美，却又说不出它美在哪里。

　　到香港仔的路上就是这样。我们的车子在山道上穿来穿去，左边是维多利亚山，右边是湛蓝无垠的大海，在山与海间，错错落落地盖满了高楼，海边停泊着许多风帆待扬的小船。

　　香港仔是香港相当奇特而具有风味的地方。它在香港的急速发展中，塑造了观光的格局，可是在生活内容上，又是十分落后简单的。它让我感觉到一种明显的不协调，就在海岸上的高楼里面，与靠海的渔家之间，生活至少相差二十年。

我先去逛了香港仔的市场。

市场又噪闹又脏乱，有许多妇女还穿着老式的广东衣着。我有一点走进百年前的中国画册的感觉，尤其是一群衣衫褴褛的小孩端着用脸盆装的鱼虾，拉住观光客衣角求售的情景，看得我心里有些酸楚。

漫步到海的岸边，许多衣着老旧的妇女涌过来，有的要我买纪念品，有的要我买竹笠，有的要我去游海。她们说着急促而高亢的广东话，比手画脚很久，我选择了游海。

我坐的小船在老妇人的摇橹声中，缓缓滑向海里，这时我才有机会看到香港仔的水上人家的生活。我搭的小船所经之处，全是居住在低矮的小船舱中的人家。他们本来以捕鱼为业，香港观光兴盛起来以后，他们开始放弃捕鱼，向观光客兜售手工艺品，或者带观光客环海泛舟。这是个相当大的生活转变，那些人也因此仿佛自深沉洁净的海底到油花漂浮的水面。我看到的水上居民虽然过得落伍老旧，但是在和观光客做生意时又万般狡猾。

不管怎么样，隔着海看香港仔，尤其是在雨中，有一种说不出来的凄美。我觉得香港仔的浮华和落后的失衡，正是殖民政府烙在中国土地上的一个戳记。

我翻开历史，发现香港是一百卅八年前在《南京条约》中割让给英国的。那时香港的中国居民根本不知道清政府已经把他们和他们赖以维生的土地送给了英国，而且毫不考虑他们是否愿意。听说，那时有些老百姓也起来反抗强权，可是连清政府都一败涂地了，老百姓又能如何呢？

这种行径就像父母把子女出卖到绿灯户去一样，充斥了一种悲剧性的抗告。

经过了将近一百五十年，我们甚至可以从香港仔居民茫然的眼神中看到依然存在的创痕。即使香港是"帝国王冠上的宝石"，这颗宝石也是不法手段得来的。

中国近百年来的孱弱不振，每次想起来，总是让我觉得心头绞痛，而帝国主义的压迫与欺凌，则又让我钢牙咬折。你知道吗？一直到现在，太平山上的山顶区还是不准中国人居住的；一直到现在，有许多团体是中国人不准参加的（除了当仆人端茶送酒）。我想，香港永远不可能有真正的平等，除非它回到中国的怀抱①。

在香港仔随便绕了一圈，看到排成一排的船家的风帆，看到浓得化不开的乌云，看到船家晾在船头的衣服，也看到帮我撑船的老妇的皱纹。我总想起近百年帝国主义的脚迹，而最令我困惑的是，为什么到如今还没有一本完整的香港历史呢？为什么香港的知识分子不正视这些事实呢？

雨愈下愈大，我到香港仔对岸的珍宝酒楼去吃海鲜。这里金碧辉煌，与门外是截然不同的世界。吃了海鲜，喝了茶酒，我整个心情平静下来，透过落地窗的玻璃，我看那个破碎的地方好像隔得很远了。安迈的生活是容易叫人遗忘的，我这样醒觉着。

可是如果只有安适，没有苦难的反省，日子也就不深刻了，就像刚刚我在路口花两元港币喝了一杯椰子汁，甜得让我觉得味觉都麻木了一般。

告辞香港仔的时候，天仍然下着细雨。我坐在空荡的小巴士中，看香港仔一寸一寸在车窗里远去，由清晰而模糊，由真切而迢遥，

① 作者写本文时香港尚未回归。

最后在山里一转弯，只剩下小小的一角了。

我擦去车窗上的水珠，不知道为什么突然记得少年时代读过的辛弃疾的《菩萨蛮》：

郁孤台下清江水，中间多少行人泪。

西北望长安，可怜无数山。

青山遮不住，毕竟东流去。

江晚正愁余，山深闻鹧鸪。

我轻轻地说："香港仔，你不要哭！"

因为，活在近百年历史中的中国人不能随便落泪。

岁月的灯火都睡了

我们眼睁睁地看自己的
往事在面前一点一点地淡去，
而我们的前景反而在背后一
滴一滴地淡出，我们不知道
下一站会在何处落脚，甚至
不知道后面的视野会怎么样，
只能走一步算一步。

前些日子在香港，朋友带我去游维多利亚公园。

我们在黄昏的时候坐缆车到维多利亚山上（香港的中国人称之
为"太平山"）。这个公园在香港生活中是一个异数，香港的万丈红尘、
声色犬马，看了叫人头昏眼花，只有维多利亚山还保留了一点绿色
的优雅的情趣。

我很喜欢上公园的铁轨缆车。坐车上山，在陡峭的山势上硬是
开出一条路来。缆车很小，大概可以挤四十个人，缆车司机很悠闲
地吹着口哨，使我想起小时候常常坐的运甘蔗的台糖小火车。不同
的是，台糖小火车恰恰碰碰，声音十分吵人，路过处又都是平畴绿野，

铁轨平平地穿原过野；维多利亚山的缆车却是无声的，它安静地前行，山和屋舍纷纷往我们背后退去。一下子间，香港——甚至九龙——都已经远远地被抛在脚下了。

有趣的是，缆车道上奇峰突起，根本不知道下一刻会有什么样的视野。有时候视野平朗了，你以为下一站可以看得更远，可下一站有时被一株大树挡住了，有时又遇到一座卅层高的大厦。一留心，才发现山上原来也不是什么蓬莱仙山，而是高楼大厦、古堡别墅林立，香港的拥挤在这座山上也可以想见了。

缆车站依山而建，缆车在半路上停下来，就像倒吊悬挂着一般，抬头固不见顶，回首也看不到起站的地方。我们便悬在山腰上，等待缆车司机慢慢启动。终于抵达了山顶，白云浓得要滴出水来，夕阳正悬在山的高处，这时看香港，因为隔着山树，竟看出来一点都市的美了。

香港真是小，绕着维多利亚公园走一圈已经一览无遗。右侧由人群和高楼堆积起来的香港、九龙闹区，正像积木一样，一块连着一块，好像一个梦幻的都城，你随便用手一推就会应声倒塌。左侧是海，归帆点点，岛与岛在天的远方。

香港商人的脑筋动得快，老早就在山顶上盖了大楼和汽车站。大楼叫"太平阁"，里面什么都有，书店、艺品店、超级市场、西餐厅、茶楼等，只是造型不甚协调。汽车站是绕着山上来的，想必比不上缆车那样有风情。

我们在"太平阁"吃晚餐，那是俯瞰香港最好的地势。我们坐着，眼看夕阳落进海的一方，并且看灯火在大楼的窗口一个个点燃，才一转眼，香港已经成为灯火辉煌的世界。我觉得，香港的白日是喧哗得让人烦厌的，可是香港的夜景却美得如同神话里的宫殿，尤其是隔着一脉山、一汪水，它显得那般安静，好像只是点了明亮的灯火，而人都安歇了。

我说我喜欢香港的夜景。

朋友说："因为你隔得远，有距离的美。你想想看，如果你是那一点点光亮的窗子里的人，就不觉得美了。"他想了一下又说，"你安静地注视那些灯，有的亮，有的暗，有的亮过又暗了，有的暗了又亮起来，真是有点像人生的际遇呢。"

我们便坐在维多利亚山上看香港九龙的两岸灯火。那样看，人被关在小小的灯窗里，真是十分渺小的。可是，人多少年来的努力

　　竟是把自己从山野田园的广阔天地上关进一个狭小的窗子里——这样想时，我对现代文明的功能不免生出一种疑惑的感觉。

　　朋友还告诉我，香港人的墓地不是永久的，人死后八年便必须挖起来另葬他人，因为香港的人口实在太多了，多到必须和古人争寸土之地——这种人给人的挤迫感，只要走在香港街头看汹涌的人潮就能体会深刻了。

　　我们就那样坐在山上看灯看到夜深，看到很多地区的灯灭去，但是另一地区的灯再亮起来——香港是一个不夜的城市——我们坐最后一班缆车下山。

　　下山的感觉也是十分奇特的。车子背着山势、面对山尖，是俯冲着下去的。山和铁轨于是顺着路一大片一大片地露出来。我看不见车子前面的风景，却看见车子后面的风景一片一片地远去，本来短短的铁轨变得愈来愈长，终于长到看不见的远方，风从背后吹来，"呼呼"地响。

　　我想，岁月就像那样，我们眼睁睁地看自己的往事在面前一点一点地淡去，而我们的前景反而在背后一滴一滴地淡出，我们不知道下一站会在何处落脚，甚至不知道后面的视野会怎么样，只能走一步算一步。

往事再好，也像一道柔美的伤口，它美得凄迷，但每一段都是有伤口的。它最后连结成一条轨道，隐隐约约透露出一些规则来。社会和人不也是一样吗？成与败都是可以在过去找到一些讯息的。

我们到山下时，维多利亚山笼罩在月光之中。

那一天，我在寄寓的香港酒店顶楼坐着，静静地沉默地俯望香港和九龙，一直到九龙尖沙咀的灯火和对岸香港天星码头的灯火都在凌晨的薄雾中暗去。

我想起自己过去所经历的一些往事，我真切地感受到，当岁月的灯火都睡去的时候，有些往事仍鲜明得如同在记忆的显影液中，我们看它浮现出来，但毕竟是过去了。

刺青

当历史缩减得这样云淡风轻的时候，也许我们急管繁弦地奏完这一章，也可以减轻不少梦断故国山川的负担，坏就坏在，琴声急筝声紧，风里凄楚不堪听！

有一个地方，每回路过都是一次心伤，本来兴高采烈的游兴到那里便一分一寸地往下沉落，沉落到底，然后静静地听远方的海惊涛拍岸的声音，一遍又一遍反复地响。

有一个地方，每回走到"闲人勿进"的牌子前，心里的木炭便开始燃红，炎炎燃烧，"作为一个中国人"那样单纯的热情便烫得我面红耳赤，然后我无言地坐在阶梯上，观看群山默默，山的绿整个儿在夕阳的霞彩中燃烧起来。

那个地方叫做"红毛城"。

"城"近在我们眼前，"红毛"则远在天边。对于一个关心中国近代历史的人，"红毛城"是个逼近又遥远的名字，也是个荒谬的名字。那就像我们醉了酒，心里是清楚的，肢体却不听使唤，一连串伤心的往事一波一波地涌上心头；也像是住在我们隔壁的人，时时见面，可是他那样冷漠，你看着他坐在对面，却想不出用什么方法可以和他交谈，你哭了，你笑了，他全不在意，高高地坐着，不思不想地坐着。

八年前一个冬天，我和一群朋友坐在淡水工商学院的校园里谈天，第一次看见那座城。那时候夕阳快要沉落了，城墙被映照成血一样的红，镶嵌在浓荫中，像一个哀愁的伤口——那景象是美的，一种无奈的美——我们很自然地谈起城的故事，以及被红毛、白毛践踏过的脚迹。

有一位朋友红着眼睛告诉我，那故事是很难说的，他说："两百年的哀伤岂是三言两语可以道尽的?"还有一位朋友说："红毛城是中国历史的一道缩影般的伤痕，就像我们小时候被刀子划破的伤口，因为我们长大了，伤口变小了，变淡了，但是它永远在。你每检视一次就会回想到是怎样被划破的。"

"不能说是伤痕，它是烙印，是用烧红的铁块烙在上面的印记。"

我说。

最后有人说那是一个血的刺青，它是一针一针刺下来，是万箭穿心那种滋味。

"刺青你们知道吗？就在这里。"他解开上衣的扣子，露出年轻细致的胸膛，上面刺了一个青颜色的虎头，獠牙从张开的口中暴出，虎的眼睛一片苍茫。然后他对我们诉说起他的刺青、武士刀、妓院的故事。他俯下头来，让泪轻轻落在胸前的虎眼中，他的泪说明了他年轻的虎一般的岁月蹑着脚步流去了，可是他的刺青却成为永世不能抹灭的羞耻的戳记。

他抬起头来望向远方，眼光笔直地正对红毛城，他说："早知道胸前就刺个红毛城，刺什么虎头呢？"说完他竟笑了，我分明地看到他的泪，"啪嗒啪嗒"地落下，静悄悄静悄悄地渗进泥土里。

我们都沉默到能够互相听闻感知一起一落的鼻息。远方的夕阳像我们的鼻息，愈来愈沉重，终于落到海里，天空大笔一挥，太多的墨汁迅速染暗我们的四周。我想着，个人的刺青算什么呢？终不免要随皮肉腐朽的吧？胸前刺个红毛城终也要消失，若是心里刺个红毛城，家国刺个红毛城，就是在我们死后的灵魂与死后的梦境里，它也会不停地跳跃。

我们摸黑走到淡水街上，发现每个人都红着眼睛，便不约而同地步进海鲜店，"喝点酒吧——"那带刺青的汉子说。

喝得差不多了，那带刺青的汉子又说："晚上去逛红毛城吧！"

"不行的，你没看到禁止进入的告示吗？那是英国人租的土地。"

"我们的国土，我们不能去看看吗？"

"管理员很凶，不太讲理。"

我们把身上的钱全喝光了，一边敲着空酒瓶一边商议着去看红毛城。

我们走在那个柔美的伤口的青石板道上，想起刚刚在大门口旁边看见的木牌，它是这样写着的——

红毛城，明天启六年（公元一六二六年），西班牙人据基隆。崇祯二年（公元一六二九年），西侵淡水，筑城曰圣都明哥(San Domingo)，印此。崇祯十五年，为荷兰人所据。水历十五年（公元一六六一年），明郑定台，驱荷兰人去之。水历三十五年，闻清兵有袭台之耗，郑克塽命左武卫将军何佑重修城堞，率兵驻守。水历

三十七年，清军陷澎湖，何佑以城降清，郑氏亦亡。清人有台，城
渐倾圮。雍正二年，严淡北防务，再事重修；故得残迹仅存。咸丰
十一年，英国领事馆设此。民国六十一年，英国撤馆；现由美国大
使馆代管。

——台北县政府立

  当历史缩减得这样云淡风轻的时候，也许我们急管繁弦地奏完
这一章，也可以减轻不少梦断故国山川的负担，坏就坏在，琴声急
筝声紧，风里凄楚不堪听！

  草地与花圃的尽头正是一幢四方的堡垒，与后来英国人建造的
二层洋房相互映照。堡垒看起来相当坚实，左下角是一个瞻望的台子，
听说以前的淡水八景之一的"戌台夕阳"正是从这里望出去的，清
代的林逢源曾为此写过一首诗：

    高高矗立水云边，有客登临夕照天。

    书写一行斜去雁，布帆大幅认归船。

    战争遗迹留孤垒，错落新村下晚烟。

山海于今烽火靖，白头重话荷戈年。

在自己的国土却是别人的楼上，"白头话荷戈"究竟是一种什么样的心境呢？四野都是海潮音，泪眼滴到观音衫，恐怕连对面斜躺的观音都要仰首唤天吧！

走着，走着，到处都碰到古炮。这些笨拙的巨炮象征着帝国主义踩过的血痕，在暗夜中用手抚摸，上面镌刻着几个字："嘉庆十八年春，奉宪铸造台湾北路淡水营大炮，一位重八百筋。"回想门口竖立的牌子，短短的两百字，从西班牙人、荷兰人、明郑、清朝、日本、英国到现在竟已是几代了。夜凉的时候，冷冷清清的红毛城正像一本被遗忘在书架上的历史课本，潮湿发霉，要擦拭时已经来不及了。"书太厚，本不该掀开扉页；沙滩太长，本不该走出足印"，翻着历史的课本，到底是什么结局呢？

就在红毛城的顶上竖立着一根旗杆，在夜色中露出秃秃的头，没有旗子，风来也不能飘扬，似乎为我们的结局找到了一个答案——那个旗杆等待了三百年，等待着一面旗帜，衬着蓝天，要在晨光起时，飘扬出美丽的姿势。

我们离开红毛城。后来我们碰到又一个"闲人免进"的木牌，不禁使我想起"闲人"的定义，在这样的定义里恐怕每一个关心自己领土的中国人都是"闲人"吧！后来我又做了许多次"闲人"，每回在城内蹑手蹑足地步行，总有这样的感触：为什么我们要像贼一样畏畏缩缩地来探访这一段历史？

事过八年，红毛城和淡水海鲜、龙山寺的老人茶，几乎成为了我生活的一部分。每到周末，我就去给自己找刺激，带着从英国来的好朋友去红毛城，跟他说红毛城的故事，连他听了都感叹："他们英国人还要回来吗？不然留下这个城干什么？"我说："是'你们'英国人，不是'他们'英国人。"我们都笑了，他是尴尬地笑，我是苦笑。茶香满室，独眼的卖茶老妇正一步一步走出门外。

《天津条约》把红毛城拱手给英国人，他们的金发飘走了，条约的不平等却用红毛城留下了阴影。

上个月的一个深夜，我忙完一天的采访工作，静坐在书房里听约翰史特劳斯的《雷鸣与闪电》，那个八年前刺了青的朋友匆匆跑来山上叩门，劈头劈脑就大叫起来："红毛城要收回来了！"

"真的？"

"当然是真的，一九八零年六月卅日，哈，历史性的日子！"

"终于让我们等到这个结局。"

"关于国土的事永远不会太迟。"

妻子听了，急忙去准备酒菜。多年的天涯汗漫，我们已经流失了不少豪情，这一天可以醉了。我们，与我年轻的妻子一起谈起美丽的红毛城。哀愁在酒中转来转去，酒到酣，耳到热，我们忆起年轻时去探访红毛城的一段荒唐往事，刺青的汉子敞开胸膛，再一次让我们看他刺青的虎头。这一回，虎头看起来勇猛，两眼闪烁生光。

他要脱下衣服的时候，我扶着他："你醉了。"

"我没有醉。"他吵着，硬是脱光上衣，转过身来，赤条条的背上赫然刺着岳飞写的四个大字：

还我河山

"什么时候刺的？"

"八年前去看红毛城的第二天。"

我们便相拥，把一瓶高粱酒一口仰尽，醉得不省人事。半夜我起身时，朋友伏卧在地毡上。我打开灯，灯光正如一束光，照在"还我河山"四个赤字上。我想到朋友年轻时是个江湖人，十年江湖夜雨，青史几翻春梦，红尘多少奇才，忍不住为他盖上被子，我的眼却不知为什么就不争气地模糊了。

收回红毛城的 1.2351 公顷的土地，收回一座城堡、一栋洋房、两个车库，都不是重要的事，我看到的是中国官员的一种新的精神和新的气势，那是我们等待很久，而且可以改变历史的钥匙——我们应该收回这一把钥匙，然后把"闲人免进"的牌子改成"欢迎参观"。

我们约了几位朋友再到红毛城去，被管理的中年男子挡在门外，说什么都不肯让我们进去。我生气地说："你是中国人吗?"

"我当然是中国人。"他说。

"红毛城是不是中国的土地?"

他默然。

"你为什么对我们这么凶?"

"我要看管这块地方，不让别人进来。"

"不是别人，是自己人。"

他还是不肯让我们进去。

我抬头看着那一根高高的旗杆。

一位朋友说："晚上再爬墙进去。"

带刺青的汉子说："不，我们要光光明明地进去。"

再等一个月！六月卅日，红毛城要回到我们的怀抱了，我们要堂堂正正地进入你的内里，在那里体知中国的伤痕，像一针针扎在身上的刺青一样。

三轮车跑得快

在我走过许多地方后，我甚至想，小店或者是乡村里安和的一股力量，因为我们每到一个地方走过街的转角，就知道有一个亲切的人乐观地在一个堆满小东西的店里生活着。

朋友邀我到财神酒店参加晚宴，他说："在十五楼的莱茵餐厅。"

"来印?"我问。

"是……是德国莱茵河的那个'莱茵'。"

由于我穿着牛仔裤和凉鞋，又到得太早，服务生的态度并不太好。百无聊赖之际，我想到外面去买瓶汽水，抽根烟。我走出财神酒店。仁爱路上林立着各种形状的大厦，楼太高了，把黄昏的太阳挡在见不到的远方。我抬起头，到处都是饭店餐馆，找不到一家卖汽水和香烟的小店，衣着光鲜眼夺目的女人们鱼贯地走进酒店中。

我顺着红砖道走，没几步就是"仁爱国中"，树太小，没有什么绿意。"国中"侧门的不远处，有一家仅有两坪大小的小店。屋顶是锈得烂掉一样的铁皮，墙则是由一段段三合板衔接起来的。店中有两位年轻的客人，中年的穿着老旧洋装的微胖的老板娘正在下面。我走近时，她边下面边笑着说："入来坐啦！"

店很小，东西却很多。长板条的桌子左边放着面、米粉和卤菜，右边是一个漆了绿漆的碎冰机和一些水果，中间是正滚沸着水的一只大锅。店的左面是一个装着各种香烟的玻璃柜子，柜子上摆满瓶罐装的糖果，柜子下是一个冰箱，装满了汽水和啤酒。

老板娘很快下好面，用围裙擦手跑过来问我："要吃热的还是喝凉的？"

"给我一瓶汽水，一包香烟。"

坐在小店里往门外望去，店前店左都是大马路，赶着下班的人群与车潮奔驰呼啸而过。前后左右四面都是仰头还见不到顶的大楼，唯独这家小店维持着悠闲的农业社会的姿态。

记得小时候，在我们居住的小镇上，几乎每一条街的转角都有一家类似这样的小店，卖冰果和面食。还有的是杂货店，店里堆满各式各样的物品，有的多到无立足之地，但是店老板的脑中就像有个算盘，要买的东西，他在很短的时间内就能取到。

小店在农业社会中扮演了很重要的角色。每在夏日黄昏，乡人忙完了一天的工作，纷纷聚集到小店来，乘凉、说故事、摆龙门阵，甚至拉拉胡琴、唱唱戏。中午时分，休息的农人在桌边悠闲地下棋，并且商谈着插秧、播种、肥料、物价的问题。因此，如果说农业社会生活是缓缓的小溪，小店则是围起来准备灌溉的水塘子，人们在这里稍事休息，然后日子再往前流去。

小店的老板往往也是大众传播的来源。他通常是甘草型的人物，他的亲切与诚恳常成为一个小镇是否可爱的体现。所幸的是，我小时候看见过许多可爱的小店老板，使我能时常保有亲切、乐观的心。在我走过许多地方后，我甚至想，小店或者是乡村里安和的一股力量，因为我们每到一个地方走过街的转角，就知道有一个亲切的人乐观地在一个堆满小东西的店里生活着。

慢步走回财神酒店，我抬头看那两柱擎天的、用几千个小灯泡装饰的大厅，观察着晃动的衣香鬓影，忽然想起小时候时常唱的一首童谣：

三轮车，跑得快，

上面坐个老太太。

要五毛，给一块，

你说奇怪不奇怪？

我们的社会，从三轮车跑到摩托车、跑到小轿车，这并不奇怪，那是许多咬紧牙关生活的人创造出来的。我怕的是，社会跑得太快了，亲切、诚恳与乐观跟不上，使社会变成一种无情的境况。

坐在莱茵餐厅高高的窗口旁，我眺望着隔不到两百公尺的小店，可是我看不见小店。

夕阳的光辉逐渐隐没，一直到窗外全黑，厅内却灯火通明。我知道，属于每一个街转角的小店正慢慢地消失了，那些跷起腿来谈天下棋的乡人呢，也在社会的一端远去了。

忘情花的滋味

每个人的情感都是有盛衰的，就像昙花，即使忘情，也有兴谢。我们不是圣人，不能忘情，再好的歌者也有恍惚而失曲的时候，再好的舞者也有乱节而忘形的时刻。

院子里的昙花突然间开了，一共十八朵。

夜里，我打开院子里的灯，坐在幽暗的室内望向窗外，乳白色的昙花在灯下有一种难言的姿色，每一朵都是一幅春天的风景。

昙花是不能近看的，它适合远观。近看的昙花只是昙花，一种炫目的美丽。远观的昙花就不同了，它像是池里的睡莲在夜间醒来，一步一步走到人们的前庭后院，爬到昙花枝上，弯下腰，吐露出白色的芬芳。

第二天清晨，昙花全谢了，垂着低低的头。

我和妻子商量着，用什么方法吃那些凋谢的昙花。

我说，昙花炒猪肉是最鲜美的一道菜，是我小时候常吃的。妻子说，昙花属于涅槃科，是吃斋的，不能与猪肉同炒，应该熬冰糖，可以生津止咳，可以叫人宠辱皆忘。

后来我们把昙花熬了冰糖，在春天的夜里喝昙花茶特别有一种清香的滋味，喝进喉里，它的香气仿佛是来自天的远方，比起阳明山白云山庄的兰花茶毫不逊色——如果兰花是王者之香，昙花就是禅者之香，充满了遥远、幽渺、神秘的气味。

果然，妻子说，昙花的另一个名字叫"忘情花"，忘情就是"寂焉不动情，若遗忘之者"，也就是《晋书》中说的"圣人忘情"。

在缤纷灿烂的花世界里，"忘情花"不知是哪一位高人命名的，但他为昙花的一生下了一个批注。昙花好像是一个隐者，举世滔滔中，昙花固守了自己的情，将一生的精华在一夜间吐放。它美得那么鲜明，那么短暂。因为鲜明，所以动人；因为短暂，才教人难忘。当它死了之后，我们喝着用它煎熬成的昙花茶，对昙花，它是忘情了，对我们，却把昙花遗忘的情喝进腹中，在腹中慢慢地酝酿。

喝昙花茶使我想起童年时代吃昙花的几种滋味。

小时候，家后院种了一片昙花，因为妈妈是爱看昙花的，而爸爸却是爱吃昙花的。据爸爸说，最好吃的昙花是在它盛开的时候，又香又脆。可是妈妈不许，她不准任何人在昙花盛放时吃昙花。因此，春天昙花开成一片白的时候，我们也只好在旁边坐守，看它仰起的头垂下才敢吃它。

爸爸吃昙花有好几种方法。

第一种方法是"昙花炒猪肉"，就是把切成细丝的昙花和肉丝丢进锅中，烈火一炒，就是一道令人垂涎的好菜。在这一道菜里，昙花的滋味像是雨后笋园中冒出来的香蕈，华润、清淡，入口即不能忘。

第二种方法是"昙花炖鸡"，将整朵的昙花一一洗净，和鸡块同炖，放一点姜丝。这一道菜中，昙花的滋味有一点像香菇，汤是清的，捞起来的昙花还像活的一般。

第三种方法是"炸昙花饼"，把糖、面粉和鸡蛋打匀，把昙花粘满，放到油锅中炸成金黄色即可食。这一道菜中，昙花香脆达于极致，任何饼都无法比拟。

童年时在爸爸的调教下，我们每个兄弟几乎都成了"食花的怪客"。我们吃过的还不只是昙花，我们也吃过朱槿花、栀子花、银莲花、红睡莲、野姜花，以及百合花，我们还吃过寒芒花的嫩芽、鸡冠花的叶子、满天星的茎，以及水笔仔的幼根，每种花都有不同的滋味。那时候年纪小，不知道"怜香惜玉"这一套，如今想起那些花魂，心中总是有一种罪过的感觉。

然而，食花真是有罪的吗？食了昙花真能忘情吗？

有一次读《本草纲目》，知道古人也食花，古人也食草。《本草纲目》中谈到萱草时，引了李九华的《延寿书》说：

嫩苗为蔬，食之动风，令人昏然如醉，因名忘忧。

如果萱草的"忘忧草"的名是因之而起，我倒愿为昙花是"忘情花"下一批注：

美花为蔬，食之忘情，令人淡然超脱，因名忘情。

"忘情花"的滋味是宜于联想的。

在我们的情感世界里，"忘情"几乎是不可能的境界，因为有爱就有纠结，有情就有牵缠。如何在纠结与牵缠中能拔出身来，走向空旷不凡的天地？那就要像"忘情花"一样，在短暂的时间里开得美丽，等凋萎了以后，把那些纠结与牵缠的情经过煎、炒、煮、炸的锻炼，然后一口一口吞入腹里，并将它埋到心底最深处，等到另一个开放的时刻。

每个人的情感都是有盛衰的，就像昙花，即使忘情，也有兴谢。我们不是圣人，不能忘情，再好的歌者也有恍惚而失曲的时候，再好的舞者也有乱节而忘形的时刻。我们是小小的凡人，不能有"爱到忘情近佛心"的境界，但是我们可以"藏情"，把完成过、失败过的情爱像一幅卷轴一样卷起来，放在心灵的角落里，让它沉潜，让它褪色。在岁月的足迹走过后打开来，看自己在卷轴空白处的落款，以及还鲜明如昔的刻印。

我们落过款、烙过印，我们惜过玉、怜过香，这就够了。忘情又如何？无情又如何？

掀起盖头来

这一小片盖头里面是一个重大的谜题。我们面对的是希望或失望，是美丽或丑陋。它可能使我们喜悦，也可能使我们怨叹；可能使我们得偿所愿，也可能使我们大失所望。

一首民谣，我们从小就听得熟了，那就是《掀起你的盖头来》：

掀起你的盖头来

让我来看看你的脸

你的脸儿红又圆呀

好像那春天的弯月亮

…… ……

这首词意简单明快的民歌，时常引起我很深的玄思。它的简单里有浪漫的趣味，也有鲜明的意象，每次唱念这首歌就像自己正站在一位窈窕淑女的面前，伸手要掀起她的盖头一样。

只是，这一小片盖头里面是一个重大的谜题。我们面对的是希望或失望，是美丽或丑陋。它可能使我们喜悦，也可能使我们怨叹；可能使我们得偿所愿，也可能使我们大失所望。

盖头在这里不再是浪漫的爱与传说，它是一个强大的命运抉择，就在掀起盖头的一刹那，我们已经展开了未来的一条道路。

在我们人世的运转中，几乎每一时每一刻都是那样的契机与抉择。那是每一个人面对命运时所无法规避的路。试想：在盖头之后，到底有多少少女的脸儿是"红又圆呀，好像那春天的弯月亮"呢？又有多少脸儿红又圆的少女，具有明净美丽的心灵呢？美的脸，明净的心灵之外，又有多少具有聪慧伶俐的思想呢？我们一直往深的地方问下去，数量就少得不可思议了。

我们天天都有这样的问题。

在真实的人生中，浪漫与实用几乎全是谜题。记得刚迁居到山上时，我一时拥有了十坪大的荒芜的花园，为了整理这个花园，我和妻子苦恼了一阵子。我们一方面想在花园里种菜，能食用亲手栽植的蔬菜，一方面想种玫瑰，希望能终年欣赏美丽的花朵。可是当花园清理完了，我们又想一边种菜一边种玫瑰，却怕破坏了整个景观。

　　最后，我们决定种一园茼蒿，它既实用，又长得快，又绿得美。茼蒿很快把花园铺满了，像一片绿色的绒布毡。我每日在园中除草、浇水、施肥，感觉到生命从泥土中一寸寸生长的乐趣。等茼蒿长大了，我们又舍不得吃，没想到到了冬季，茼蒿开花了。那花比玫瑰还美，是一种无以形容的鹅黄色，还散放出淡淡的奶香。

　　可是我常会想，我们当时如果把茼蒿吃了，我们便没有花；我们现在如果把花采了，明年就没有花籽；如果为了明年的茼蒿，我们的花园可能会干芜一两个月。唉！为什么生命里总是没有两全其美的选择呢？为什么总要牺牲一样？即使是一个小小的花园。

　　但也唯其有选择，才更多姿。倘若世界上的少女都是美的，就用不着盖头；倘若世界上的玫瑰都是美食，我们可能也不会用来观赏。由于不能两全，才有更大的弹性、更有力的生机。

　　有一朵花时常嘲笑它身边的小草，说："你既没有美丽的颜色，又没有香味，长得也不体面，还活在这世界上干什么？"小草默默不语。暴风雨过后，小草对躺在身边的花朵说："美丽并不是世上唯一可以活下去的依靠。"

　　小草与花朵也是一种选择，前者选择长久而平淡，后者选择短暂而美丽。由于有这些选择，活着，就有它的光彩。

在面对选择的一刻又是如何呢？尼采在《查拉杜斯屈拉如是说》中有一段话：

某天天气很热，查拉杜斯屈拉在一棵无花果树下熟睡了。他的两臂掩护着面孔，一条蛇来了，在他颈上咬了一口，他痛得喊了一声醒来。他放下两臂，注视着这条蛇。这条蛇看清了查拉杜斯屈拉的眼睛，它笨拙地扭动着身体想逃开去。

"不要走，"查拉杜斯屈拉说，"我还不曾谢谢你！我的前路还远着，你正把我惊醒得合时呢。"

"你的前路怕很短了吧！"蛇悲哀地说，"我的毒液是致命的。"

查拉杜斯屈拉笑起来："几时一条龙会因为一条蛇的毒液而死去呢？"他说，"取回你的毒液吧！你并没多到有份送我的余裕。"

于是蛇又绕着他的颈项，舔回它的毒液。

我们每个人的前路都远着，如果有这样坦荡荡的襟怀，即使遇到命定的毒液，也无所惧了——不管盖头底下是什么，勇敢地掀了它吧，掀开后，还有许多事要做哩！

表情

人的表情是很复杂的，而临到死时大痛苦或大解脱的表情却简单得叫我吃惊。可是那简单表情的背面，总是含带复杂性的。

　　一摊血，从安全岛汩汩地向旁边扩散。

　　一个老人躺着，他的头正好挡在安全岛高出路面的边沿上，他的身子挺直地躺着，旁侧站着一个穿黑色制服的警察，毫无表情地看顾着那个老人。

　　我走过去，警察挡住我，告诉我：他死了。

　　他在一辆无情的扬长而去的汽车的撞击下，死了。

　　我即刻转身离开。

　　不知道为什么，竟只是那样短暂的一瞥，我已经看清老人脸上的表情。他毫无苦痛，而且嘴角上扬，仿佛是微笑着一般，他的头正枕在安全岛上，正是一个舒适的睡姿。

不知道老人要死的那一刻，是想着什么？

不知道，现在他想不想？

为什么会有那样的表情呢？那是他死前最后一个表情，虽然被车撞，却凝结成一个安详得好像要永远安祥下去的表情。

我突然想起多少年来在心中一直解不开的疑惑——我在电影上、电视上看过许多不同的表情，我看见一个人被枪击的一刹那所流露出来的复杂表情，竟和歌星们唱歌时陶醉到极致的表情是完全一样的。苦的极致和乐的极致是不是会有相同的表情呢？

人的表情是很复杂的，而临到死时大痛苦或大解脱的表情却简单得叫我吃惊。可是那简单表情的背面，总是含带复杂性的。

在平常，对于一个脑筋清明的人，我不相信他有真正单一的表情。也许在他笑的时候，嘴角的最边缘处就有几许酸楚；也许在他哭的时候，晶莹的泪光中也会闪现出希望的光泽。

这正是人性的所在，因此，我最同情的人不是那些终日有着忧凄表情的人，而是那些出卖表情的人。

每次，当我看见电视上卖唱的人，他们用热情的姿势、快乐的声音唱着，身体抖颤着。慢慢地，情绪浮升起来，快要到最顶点的时候，他们屈下身来，发出疯狂的极致的颤音时，我所预期的表情便要出现了——临近死亡时的大痛苦或大解脱的表情。然后我便猛然如触电一般，思起他们背面的身世，他们无助的情感生活，以及他们出卖表情的种种，我相信，那里面的许多表情正是真实的写照。

所以，我不太相信人的表情，除非他死了，表情真正冻结在最后一刹那。

我走很远了，回头看那一个被撞倒在仁爱路安全岛上的老人。一部救护车呜呜而来，带着老人又呜呜走了。

老人走了，什么也没有留下，竟只在一个最后一瞥看他的路人心中留下一个表情。

表情是瞬间的，有时却又永恒得叫人困惑。

图书在版编目（CIP）数据

灵性深处开莲花 ：温一壶月光下酒 / 林清玄著.—
北京 ：线装书局，2012.11
  ISBN 978-7-5120-0745-1

  Ⅰ．①灵… Ⅱ．①林… Ⅲ．①散文集－中国－当代
Ⅳ．①I267

中国版本图书馆CIP数据核字(2012)第264599号

本书由台北九歌出版社有限公司授权出版

灵性深处开莲花：温一壶月光下酒

著　　者：林清玄
责任编辑：张媛媛　孙嘉镇
排版设计：李　萌
出版发行：线装书局
　　　地　　址：北京市西城区鼓楼西大街41号（100009）
　　　电　　话：010-64045283　64041012
　　　网　　址：www.xzhbc.com
经　　销：新华书店
印　　制：北京慧美印刷有限公司
开　　本：787mm×1092mm　1/16
印　　张：16
字　　数：125千字
版　　次：2013年2月北京第1版　2013年2月第1次印刷
印　　数：20000册

定　　价：29.80元